ヅカメン！

お父ちゃんたちの宝塚

宮津大蔵

祥伝社文庫

目次

第一話　月の番人　7

第二話　咲くや此の花　75

第三話　ハッピー　ホワイト　ウエディング　133

第四話　星に願いを　183

第五話　コスモポリタン　233

第六話　サンクレーヴ　273

第七話　海外専科　311

文庫化によせて　真山葉瑠（まやまはる）（元宝塚歌劇団　月組男役）　329

解説　中本千晶（なかもとちあき）　334

第一話　月の番人

ドアを開けた途端、フラッシュが一斉に焚(た)かれる。

目の奥がツンとなる。

周囲に笑顔を振りまいてサンバが出ていく。

あかん、もたもたしてたら。

ボディガードよろしく、慌(あわ)ててサンバの後ろに張り付いた。

拍手が沸き起こる中、退団記念パレードがスタートする。

「生徒監(せいとかん)のいっとう晴れがましい舞台でっせ」とさんざん聞かされてきた、卒業する生徒のエスコート役を、最後まで無事に務めあげなければならない。

背中にＳＡＭＢＡの文字が入った揃いの黄色のウィンドブレーカー。行儀よくしゃがんだファンクラブの一団のリーダーが声を張りあげる。

「サンバさん、これまでどうもありがとうございました」

ここまで一気に言って「せーの」と周りに掛け声をかける。他のメンバーが声を揃え、

「ビバ！　サンバ！」

と叫ぶ。

サンバはちょっと苦笑し、すぐに真面目(まじめ)な面持(おもも)ちになった。周りも気配を察してすっと静かになる。

「皆様、本当にありがとうございました」

舞台で鍛え上げた凛(りん)とした声で、あっけないくらい簡単に挨拶し、深々と頭を下げた。黒の紋付(もんつき)、緑の袴(はかま)に金髪リーゼントのサンバは、黄色の薔薇(ばら)の花束を胸一杯に抱え、にこやかにお辞儀(じぎ)をしたり、手を振ったりしている。

なんでこの娘(こ)はこんなに嬉しそうな顔してんのやろ。あれほど打ち込んできた宝塚(たからづか)歌劇団に別れを告げる日やいうのに。涙でグショグショになるんやろう思うとったけどなあ。こんなニコニコしとる。突然、

「あの人、サンバさんのお父さんかなあ?」

という声が耳に入った。

照れくそうてかなわんなあ。お父さんやない。『お父ちゃん』やねん、とそっと心の中で呟(つぶや)く。

これまたあっけないくらい簡単に、パレードは終点の帝国(ていこく)ホテルにたどり着いた。俺の役目はこれで終わりである。

「お父ちゃん、ほんまにありがとうございました」

サンバがぴょこりと頭を下げた。また目の奥がツンとなるかと思ったが、今度は、決してそんなことはなく、

「ほな、元気でやってな」

と自分でも驚くくらいドライな声が出た。

これから寮に戻って、他の娘たちの世話をせなあかんねん。俺は月組全員のお父ちゃんやからな。

俺、多々良源蔵が、阪急電鉄の本社常務室に呼ばれ、宝塚歌劇団の『生徒監』にならないかと打診されたのは、定年退職を控えた年の六月のことだった。

「多々良君は、宝塚は観るのかね」

当たり障りのない話に続き、突然、常務にそう切り出されたとき、ああやっぱりその話だったかとがっかりした。

本社に呼ばれているから、数時間留守にすると助役に伝えると「駅長、そりゃあ、きっと生徒監の話でっせ」とニヤリとされたのだった。

助役に言われるまでもない、阪急電鉄を勤めあげた者の中から選ばれた何人かが、宝塚

歌劇団の生徒監の役割を仰せつかるということは内部の者なら誰でも知っている話である。

しかし、である。俺自身はこれっぽっちもタカラヅカに関心はなかった。いや、はっきり言ってしまえばむしろ嫌いだという方が正しい。女なのに男の格好をして……いったいぜんたいどこがいいんやろ？　若い頃からずっとそう思っていた。

当然、歌劇を観に行ったことなど一度もない。以前、西宮球場で、「ブーマー！」「門田さあん！」と黄色い声をあげて選手を応援している金髪頭の彼女たちの姿を見たことがあるくらいだ。その時だって、ああ、宝塚の人ってこういう仕事もするんやなあと思ったにすぎない。

地元の大学を卒業してから今日までずっと阪急電鉄一筋に生きてきた。鉄道マンとして常に誇りをもって仕事に打ち込んできた。今更、お嬢さんたちのお世話係になる気なぞさらさらない。

本社までは近いので徒歩で行くことにする。制服を脱ぎ、通勤着のスーツに着替える。洗面所で身だしなみを整え、しみじみと鏡に映る自分の顔を見る。まだまだ働けそうなんやけどなあと改めて思う。鉄道マンの顔やなとも思う。もし生徒監の話やったらやっぱり断ろう。自分から鉄道取ったら何にも残らん。タカラジェンヌの面倒みるなんて絶対無理やわとため息をついた。

外に出て辺りを見回す。阪神やJRの駅に対抗するように、我が阪急の駅ビルもそびえたっている。鉄道マンとして一からスタートし、キャリアの最後をここの駅長で終えられることを改めて誇りに思うと同時に、言い知れぬ寂しさがこみ上げてきた。

違う話だといいがなあ。嘱託かなんかで鉄道の仕事を続けないかという話だとええなあ。生徒監なんて絶対無理やわ。

妻も関西出身の女性にしては珍しく宝塚は観たことがない。もし、彼女がファンだったら、「あんた、生徒監なんて光栄やわ。絶対おやりなさいよ」などと勧めるのだろうが、夫婦揃って全然興味がないうえに大勢の娘さんのお世話をするなんてとてもじゃないが自信がない。子宝に恵まれなかったので、これまでずっと夫婦二人っきりで生きてきたのだ。

「私は、いたって武骨なたちで、そんなタカラヅカみたいなええしの、お嬢さんたちのお世話なんてとてもとても出来やしません。家には子どももおりませんし、嫁も男みたいですし、どなたか他に適任の方がいらっしゃると思います」

「そやから僕は、君が適任やと思うとる」

間髪を容れずに常務が答えた。

「僕は多々良君が適任やと思うとるんや。大体、宝塚ファンが生徒監になってしもたらどないなると思う？　そら、ちゃらちゃらちゃらちゃら、デレーッと鼻の下毎日伸ばしよるに決まっとるわ。そんなんで大事な生徒さんたちのお世話が出来ると思うか？」

答えに窮していると、

「多々良君は、阪急が好きかね？」

とさらに真面目な面持ちになった。

「それは、もちろんです。私は阪急一筋で生きて参りましたから」

「小林一三先生が、丹精込めてつくりはったんが歌劇やねん」

「……………」

「頼むわ。誰でもええいうわけやないねん。君のような、ミーハーと違う、誠実な人にこそやってほしいねん」

殺し文句やなと思った。思ったがその場では、しばらく考えさせてくださいとしか言えなかった。

帰宅して、妻に恐る恐る切り出すと案外すんなりと同意が得られ、拍子抜けした。

妻の雅代は、宝塚なんて全然興味がないと言っていたはずなのに、びっくりするくらい

大はしゃぎだった。不審がると、

「うちには子どもおらへんかったやろ。この年になって娘がそんなにぎょーさん出来るなんてこんな嬉しいことはないわあ」

手を叩いて喜んでみせた。

「別にお前に娘が出来たわけやないやろ」

とちょっと意地悪を言うと、

「そやかて、生徒監ってタカラジェンヌから『お父ちゃん』って呼ばれるんやろ？　あんたがタカラジェンヌのお父ちゃんになるんやったら私かてお母ちゃんになるんやわ。そりゃ嬉しいわあ」

とさらにヒートアップする。

ずっと仕事一筋でろくに女房孝行もしてこなかった。ようやく仕事から解放されて、夫婦水入らずで旅行でもしようと思っていたのにと鼻白む思いがした。

「俺に務まるわけないやないか」

ちょっと声を荒らげると、雅代は少しも動じず、

「そんなことないと思います。第二の人生やないですか。思い切ってやってみたらええ思うわ」

とにっこりと笑ってみせた。

三月。大きな花束を贈られて、無事に阪急梅田駅長を退職した後、俺は宝塚歌劇団月組の生徒監として着任した。

最初にやらなければならなかった仕事は、月組生徒六十九名全員の芸名と愛称、そして舞台用写真とナチュラルメイクの実物とを一致させることだった。そうそうタカラヅカでは、団員のこと生徒と言うんやそうや。なんか学校みたいや。

「おとめ」という生徒全員の顔写真とプロフィールが載っている雑誌が教科書である。これを使って彼女たちの芸名、愛称、学年順……などを全部覚えなければならない。

この愛称というのがなかなか厄介である。ジェンヌたちが何かと愛称で呼ばれることは知ってはいたが、ジュリーやショーケンみたいなもんやろ？　なんでわざわざ覚えなならんねんと思っていた。

実は先日、愛称誕生のまさにその瞬間に立ち会ってしまったのだ。

歌劇団の廊下で三人の上級生が、一人の下級生を取り囲んでいるところにたまたま通りかかった。

「あんた、愛称なんやったっけ？　まだ決まってへんの？」

と詰問している。おっと思って、思わず立ち止まる。

「本名が真理子ですから、子どもの頃から、マリコと呼ばれていたんですけど……」

と下級生が答えると、三人の上級生は、はーっとため息をついた。

「あっ、それあかんわ。マリコさんって上級生がいらっしゃるの知らんの？　マリコは使えんねえ……。あんた、結婚したい？」

急展開の質問に、えっ？　とマリコの頭上に疑問符が見えたような気がした。

「ともかくマリコは駄目だから、結婚したいんだったら……マリエにしなよ。マリエってフランス語で確か花嫁さんって意味なんだよ。男役でも『花嫁』って愛称なかなかいいじゃない。ねっ、いいでしょ？　マリエに決定！」

案外適当やなあと呆れたのだった。

事務所でメモ用紙に書きつけながら生徒の愛称、本名、芸名をブツブツ暗記していると「おう、やっとるな」と向かいのデスクから声をかけられた。花組のお父ちゃん……阪急十三駅の元駅長である。確か俺より三つ歳上。

新米お父ちゃんの俺に何かと目をかけてくれている。

「はあ、これをまず全部覚えてしまわんと仕事にならんと言われまして……」

「そや、劇団に届いたファンレター、ちゃんと仕分けんとあかんもんな」

ファンレターの仕分けが自分の仕事になるとは知らなかった。駅長までやった自分が、学生の頃アルバイトでやった郵便配達に逆戻りした感じがしてちょっとへこんでいる。

「それだけやないよ。今、月組さんはこっちで稽古中やからええけど、東京や地方に行ったら安全管理にも気を遣わんといかんからね。そのためにもデータはちゃんと覚えとかんとな」

　とポンと肩を叩かれた。

「そやけど、なかなか覚えられんのですわ」

「そりゃそうや。ファンでもなければ簡単なことやないわ。そやけど、自分の娘やと思ったら、名前はおろか付き合っている彼氏はおるのか、今、興味を持って取り組んでいることは何か、好きな食べ物は何かとか何でも知っておきたいもんやろ？」

　さすがやな。そうか、自分の娘やったらか。ええこと聞いたな。もっとご教授いただきたいが、ふと気が付いた。

「花組さんは来月から東京ですか」

「そやねん。その後は全国ツアーや。当分家に帰らんですむわ」

　豪快に笑って、ほな、とオフィスを後にした。

　オフィスには、デスクが五つ配置されている。宝塚歌劇団にある、花、月、雪、星、宙の五つの組のそれぞれの生徒監のものだ。そのうち東京宝塚劇場に出演中の組と、全国ツアーに出ている組の生徒監二人は引率のため、常時二つのデスクが空いていることになる。

「そやなあ。東京に引率なんてどないなるんやろ」

紋付姿でひっつめ髪のお嬢さんたちの大量の写真を前にして、また自信をなくし、大きなため息を一つついた。

すかさず、前にいた宙組のお父ちゃんが、

「月組さん、あきまへんで。生徒の前でため息ついたら。あの娘ら、お父ちゃんため息ついたらあかん、一つため息ついたら幸せの妖精が一人死ぬんやでと怒りますさかい」

とニヤッと笑いかけてきた。ああ、ご忠告痛み入りますと愛想笑いをしながら、幸せの妖精ねえとまたつきそうになったため息を慌てて嚙み殺した。

この年になってまったく初めてのことをやらされるのは何にしてもキツイ。適応能力の衰えをしみじみと感じる羽目になった。

劇団から、香盤表を組長に渡してほしいと依頼された。

「コーバンヒョーですか?」

「そうです。あっ、ご存じないですか？　配役とか進行とかが書いてある表のことなんですけど。もう貼りだしてあるんですが、一応、組長にも直にお渡しいただけるとありがたいのですが」

大劇場の楽屋に向かう。

「組長」という言葉にも初めはずいぶん戸惑ったものだが、ようやくその言葉から、悪い方の「組長」ではなく、歌劇団に任命されたうちの組の統率者の顔が思い浮かぶようになってきていた。

急いで楽屋に入ろうとすると、最下級生に阻止された。

「あっ、お父ちゃん。待ってください。コールがまだです」

コール？　なんやそれ？　と思っていると、耳元で大声を張りあげた。

「男の方、入られます」

すると、リレーのように「男の方、入られます」「男の方、入られます」「男の方、入られます」

と奥の院に向かって下級生たちが大声を張りあげるのが木霊のように聞こえた。

ああ、これがコールねと納得して、幹部部屋目指して急ぐ。

ようやくたどり着き、ドア番をしている最下級生に声を掛けた。

「組長にコーバンヒョーっていうの、持ってきたんやけど……」

「はい。……失礼します。お父ちゃんが香盤表をお持ちくださいました」と取り次いでくれた。

まるで「大奥」みたいやなと思っていると、中から厚塗りの「中世の騎士」が現れた。つけまつげが凄い。ギョッとなっていると騎士は、

「お父ちゃん、わざわざありがとうございました」と受け取り、中に戻って行った。

「中世の騎士」がいつも稽古場で会っている組長なのかどうか……結局わからなかった。ちゃんと本人にコーバンヒョー、渡せたのかいな……。どうも自信がない。


帰宅するタイミングも未だによくわからない。

稽古が終わると、演出家や出演する生徒たちスタッフたちの大半が帰っていく。ところが、必ず残って自主稽古を行う娘たちがいる。

そうなると、お父ちゃんとしてはいつまで付き合えばよいのかまるでわからない。帰ってもよいのか、それとも「あんまり遅くならないうちにもう帰りなさい」と言ってやるのがよいのか……。悩みながらいつも最後まで付き合ってしまう。

だが、終わりまで居ても、あまり意識はされていないようだ。

「お父ちゃん、お疲れ様でした」と挨拶はしてくれるのだが、居ても居なくてもどちらでもよいように思えてならない。

駅長時代には、決定権は全て自分にあった。どんなことでも最後の最後には、俺が判断しなければならなかった。

ところが、今のところ、お父ちゃんが決めるべきことは一つもない。何をするのにも、誰かに教えてもらわなければならず、ただおろおろしているだけだ。

「すみません。ＩＤ見せてください」

帰る時、守衛さんに止められた。以前は、俺のこと知らん人なんかいなかったんやけどな……。

幸せの妖精のために、ため息をつくのをやっとの思いで我慢した。


生徒監になって三か月。いよいよ東京宝塚劇場に遠征(えんせい)する日がやってきた。一か月間の東京公演が終わると、次は名古屋、博多(はかた)……とさらに一か月間の全国ツアーが始まる。これまでにそんな長い間家を空けたことはない。緊張して、新大阪駅の新幹線上りホームに予定発車時刻の一時間も前から立つことになってしまった。

これから総勢七十人を引率して上京する。女子高の修学旅行みたいやな。

指定席券は既に全員に渡してある。学年順に座席をうまく配分するのが難しかった。たとえ、トップスターでもこういうところは学年順なのだそうだ。

久しぶりに駅のホームに立てて嬉しい。慣れ親しんだ阪急電鉄ではなく、ＪＲの駅とはいえ、やはり元鉄道マンの血が騒ぐ。

「お父ちゃん、おはよう」

大きな声で手を振りながら生徒が走ってくる。確かあの娘はサンバという愛称やったな。未だに若い娘さんに敬語以外で声をかけられるのには、どうも慣れない。

「いやあ、お父ちゃん。えらい大荷物やなあ。寮に送っといたらええのに」

言われてみたらサンバはこれから二か月の旅回りとは思えないほど軽装だった。

旅慣れてんのやな、こんな若いのに。

しかし、サンバ以外、他には誰も現れない。もうすぐ時間やのにみんな遅いなあ。何してんのやろ？　やきもきしていると、

「お父ちゃん、何してはりますの？　早よせんと乗り遅れますよ」

サンバに急かされて慌てて到着したひかり号に乗り込む。あいつら全員遅刻か、どうやって叱ったろ。プロの自覚がないんか。

ところが、車内を見回して驚いた。月組生徒のために手配した座席が全部見知らぬ人で

埋まっているではないか。

「お父ちゃん、何ぼーっとしてんの。早よ、座りましょ」

サンバが隣の席を指さす。苦労してスーツケースを収納し、不審の思いをぶつけると、サンバはケラケラとひとしきり笑い転げた。

「皆、新幹線に三時間も乗ってるのは、退屈や言うて、お付きの人とチケットを交換してもらって飛行機に乗るんです」

お付きの人というのは、私設ファンクラブのリーダーのことやな。いわゆる付き人やマネージャーとは違う。これも宝塚独特のシステムや。

「じゃあ、俺が配った乗車券はどないなったんや」

「お付きの人か、ファンに渡して乗ってもらってます」

「ほな、周りの人はファンの人ばっかりかいな」

「はい。だからこの車両ではめったなこと言ったらいけません。みんな大っぴらに話が出来んからってわざわざファンの人にここの券あげて、自分は別の新幹線取ってもらう人もいらっしゃいます」

じゃあ、何のために俺はいろいろ気い遣って指定席券手配したのやろ。面白くないなあ。

しかし、ではなぜこの娘だけはちゃんと俺の隣に座っとんのやろ?

「私かて、ファンもおればお付きの人かています。今までの上京列車は、私も避けてきたんやけど……」

とサンバはいたずらっぽい笑みを浮かべ、

「新しいお父ちゃんとは、まだあまり喋ったことなかったから、このチャンスにいっぱいお話ししよ思うて。……当たり障りのない話やけどな」

と顔を覗き込まれた。大きな瞳に吸い込まれそうな気になる。

不覚にもどきまぎしてしまい、あかんあかん、えこひいきしては絶対いかんのやぞ、と慌てて気持ちを引き締めた。

サンバは、埼玉県T市出身の男役である。関西出身ではないのに、周りの人間が使う言葉に影響されるのか「関西弁風」に話す。サンバだけではない。タカラジェンヌは、大体がそうだ。

生粋の大阪育ちの俺としては、彼女たちの関西弁にはどうも違和感を覚えてしまう。たぶん、全国各地から集まってきたお嬢さんたちが早く雰囲気に慣れようとしてイントネーションやアクセントを真似するため、一種の「宝塚弁」みたいなものになってしまうのだろう。だけど俺は、実をいうとこの宝塚弁のことをちょっと気に入りはじめている。子どもの頃から慣れ親しんできたコテコテの関西弁に比べて何かはんなりした感じが好ましいのだ。違和感はあるが、関西弁はそんなんちゃうねん、とは思わない。

　宝塚弁でかしましく喋っているサンバのデータを思い出す。身長は一六四センチと「おとめ」に書いてあった。男役にしてはずいぶん小柄だ。こうやって隣の座席で会話していると、妻の雅代よりも低いのではないかと思ってしまう。雅代は年のせいか最近背が縮んだと言っても一五九センチである。隣のサンバはどうもそれより小さい気がする。

　足元を見るとものすごい厚底のブーツを履いている。これで歩くのは難儀やろな。そういえば大劇場で公演を観たとき、えらい小さい娘がおるなあと思ったらそれがサンバだった。そのことを言うと、

「もうひどいなあ。あれかて一〇センチヒールのシークレットブーツ履いてんのやで」

「えっ、そんな高いヒール履いてるんか。そんなんでよう踊れるなあ」

「うん、大変や。そやけど、みんなも踵の高い靴履くから、その差は縮まらんのやけどな。私だけ履かないともっとチビにみえるやん」

「男役は背がないと大変やなあ。娘役に変わればええやんか」

「前な、私もそう思うて、プロデューサーに申し出たことあんねん。そしたら冗談は顔だけにしろって言われたわ。ひどいやろ?!」

そう言ってけらけら笑う。

確かにそれはひどい。セクハラやなと思う。タカラジェンヌにそんなひどいことを言う奴がいるのか。

それでなくても金髪リーゼントで、なんや知らん外国のブランドロゴの入った派手なシャツを羽織(はお)ったサンバの姿はやたら目立つ。さっきの情報によると周り中ファンに囲まれているらしいやないか。こんな内部事情をあっけらかんと話して大丈夫かいな……。東京駅に着くまで気が気でなかった。


東京公演の際は、東京近辺の出身者は、希望すれば実家から劇場に通うことが出来る。そうでない者は、歌劇団が東京公演用に用意している「すみれ寮」で、公演期間生活することになる。生徒監は、その間、寮長を務めなければならない。

女性ばかりの寮の責任者なんて俺に務まるんかいな。何せ初めてのことで不安で仕方がない。

「すみれ寮」は名前から受けるイメージとは違い、殺風景な建物だった。飾りは造花と宝塚カレンダーがあるくらい。何や、俺が学生の時に居た寮とあんまり変わらんな、というのが第一印象である。

この東京公演はつい先日まで、本拠地の宝塚大劇場で一か月以上上演していた演目である。

改めて練習する必要なんてないだろうと思うのだが、そこが素人の浅はかさなのだろう。初日が開く前に二日間、みっちりと舞台稽古を行うのだそうだ。

舞台稽古初日。この日は、各自の舞台用の荷物を劇場に運び入れなければならない。そのため、寮生は、バスで荷物を搬入することになる。

朝起きて、寮の前に停まっているバスを見て驚いた。黄色の車体に、お馴染みのロゴ。

これは……はとバスではないか！

はとバスで行くんか！　俺は乗るの初めてや。ちゃんとガイドさんまで来てる。運転手さんと一緒に荷物の積み込みを忙しそうに行っている。俺の姿を認めると、

「おはようございます。生徒監様でいらっしゃいますか？　本日は宜しくお願いいたします」

と運転手さんと一緒に挨拶してくれた。

そうかあ。はとバスで行くんか。一度乗ってみたかったんや。うきうきしてくる。

大きな荷物を抱えて次々と生徒たちが集まってくる。皆、濃い色のサングラスをかけ、すっぴんである。

「おはようございます……」

皆、挨拶がただただ眠そうである。

最下級生のグループが、バスの座席表を手に忙しそうに走り回っている。

そう言えば、昨日、席決めをしたいから座席表が欲しいと取りに来ていたな。席決めをして、その案内もせんとあかんのか……俺も若い頃はそうやったな。

立場上、乗り込むのは最後だが、いったん席の埋まり具合がどうなのかをチェックしてみる。

乗車口で、最下級生の一人が、表を見ながら座席を伝えている。五人掛けの最後部席には、最下級生がきっちり座っている。席は後ろから埋まっている。二人掛けで下の学年から順に座るように決まっているようだ。上級生は、前方の席の二人掛けシートに、一人でゆったりと座っている。

ああ、ここでも完全な縦社会なんやな。仲の良い者同士が近くに座って楽しくおしゃべりしながらいうのはあかんのやろか。

「お父ちゃん、全員、揃いました。こちらのお席にお願いいたします」と左方最前列、運転手席と反対の席を示される。

「失礼します」

それから俺の隣に座席案内をしていた彼女が座った。

ということは、俺は最下級生と同じ席なんやな。まあいいけど……。

ガイドさんも乗り込み、バスが出発した。

日比谷までの間、どんなガイドをしてくれるんやろ？　ちょっとテンションが上がる。

「皆様、おはようございます」

おっ、いよいよ始まるな、東京ガイド、楽しみや。

ところが、ガイドさん、

「それでは、目的地までごゆっくりお休みください」

と一礼して、そのまま席に座ってしまった。

あっけにとられていると、程なくして皆、寝息を立て始めた。起きているのは、俺と運転手さんとガイドさんだけやった……。

二日間の舞台稽古が終わり、東京宝塚劇場の初日を迎えた。

開演二時間前だというのに、もう大勢のファンが集まっていた。いわゆる「入り待ち」というやつだ。

こっちも一緒やねんなと感心してしまう。宝塚大劇場と同じや。東京でも大勢のファンがご贔屓のスターを一目見ようと開演はるか前から集まってはるんや。

日生劇場や東宝の映画館が立ち並ぶそこら界隈では、揃いのユニフォームを着た女性たちが入り待ちをしたり、ファンクラブのリーダーを中心に何やらミーティングをしたりしている。

開演三十分前となり、チケットのもぎりが済んだお客様がぞくぞくと入場している。

『すみれの花咲く頃』のオルゴールが流れ、赤い絨毯の上を皆さんどういうわけだか上品に歩いているように見える。普段はこのように優雅にはお歩きになっていないのではないか。これも宝塚マジックなのか？　自分までジェンヌのように優雅にキザにかっこよく歩きたくなってしまうのか？

赤い絨毯、輝くシャンデリア、『すみれの花咲く頃』のオルゴール、スターたちのグッズを取り扱っている『キャトルレーヴ』でのショッピング……皆、非日常を満喫しているようだ。


ロビーからいったん外に出てみると、ちょうど日比谷シャンテの角に白のワゴンが停まった。

誰やろと思ったら、サンバが手を振りながら降りてきた。

サングラスに金髪、目の覚めるようなオレンジのスーツ姿でファンに手を振る姿が堂に入っている。寮で組の仲間と騒いでいるときとはずいぶんと様子が違う。

突然理解した。たぶん、サンバは初上京列車の引率という大役で張り切っている俺をがっかりさせまいと思ったんや。だからお付きの人とチケット取り替えてなかったんや。せっかく張り切って乗り込んだのにだあれもおらんかったら、さぞ俺ががっかりするやろと思って、わざわざ長旅に付き合ってくれたんやろ。きっとサンバはそういう気遣いができる娘なんや……。

サンバに続いていそいそと俺も楽屋口に入る。長い廊下が続く。左側の壁には、現在公演中のポスターを始め、既に全国巡業に出ている組の演目や次の演目の組のポスター五枚が貼ってある。改めて眺めると、どれも男役トップスター、トップ娘役と二番手スターしか写っていない。スター路線ではないサンバはずっとポスターに載ることはないんやろうか……。

受付で差し入れやファンレターを抱え、そのままシューズロッカーに行くと、サンバがブーツを脱ぐのに悪戦苦闘していた。

「ああ、お父ちゃんおはようございます。ちょっと肩貸してください！　ブーツ脱ぐの大変で」

いっつもおっきい声だしよるなあ、と苦笑しつつも肩を貸してやる。

「ありがとうございます」とぺろっと舌を出してようやっと噂のシークレットブーツを脱ぐのに成功した。

東京に来たらサンバはすっかり標準語に戻っているのがおかしい。

もっと簡単に脱げるの履いたらええのにと言うと、

「私たちは夢を売るのがショーバイですからね、あんまり小さい姿見せて夢を壊したら……ねえ」

と答える。

「夢を売るのが商売か……」

誰に言うこともなしに呟くと、

「そうですよ。夢を売るフェアリーですよ」

と自分で言ってケラケラ笑い出した。フェアリーが妖精のことだとわかるのに少し時間がかかった。

「あっ、お父ちゃんおはようございます。サンバさんおはようございます」

下級生のミユキが声をかけてきた。ちょうどよいところで出会ったとばかりに廊下を一緒に歩きながら話し始める。サンバは芝居(しばい)についてアドバイスめいた話をしながらぐんぐん歩いていく。その後をミユキが必死に追いかけながら話を聞いている。

「すみません。昨日きっかけが変わったところなのですが、上手(かみて)のソデが大劇場と違うので、少し早めに出たいんですが、うまくいかないんです」

サンバが早口で何か答えると、

「ありがとうございます。次の場(ば)では……」

と重ねて質問する声が、廊下のずっと向こうから聞こえてくる。

うちのフェアリーたちもいろいろ大変や。裏では苦労ばっかりや、全然優雅なことあらへんがな。

着到板(ちゃくとうばん)の所まで来たらミユキがサンバの札(ふだ)をひっくり返している。自分で裏返すのかと思ったら、気が付いた下級生がしてやっているのだ。

全員黒になっているということは……既に皆、楽屋入りしていて、サンバがビリだということだ。最上級生でもないのに大物(おおもの)やなあと思っていると、

「サンバ、また最後か。えらい大物やねえ」

副組長の『メンデル』があきれて寄ってきた。既にメイクが終わり、まばたきするとバサッと音がしそうなつけまつげをしている。ずいぶん慣れたとはいえ、汚れ防止のポンチヨのようなものを着た短髪舞台メイクの女性たちがうようよしている光景には、やはりギ

ヨッとしてしまう。

「すみません、メンデルさん。三場の交差する時の段取りなんですが……」

今度はサンバから、芝居のきっかけが変わった所についての質問だ。うちのフェアリーたちは努力の妖精やな。

寮の門限は、深夜零時である。シンデレラと同じなんやなと思う。

十一時半ぐらいになると、俺は携帯片手にロビーの着到板の前でうろうろしはじめる。あと、何人帰ってない……。着到板と三十分、イライラとにらめっこすることになる。

途中でメールや電話が入ってくる。

「お父ちゃん、申し訳ありません。渋滞にはまっています。……そうです。タクシーです。もう少しかかりそうです」

タクシーに乗っとるんやったらいい。安心や。

「お父ちゃん、ごめんなさい……。タクシー呼んでもらったんですけど、ちょっと来るまでかかりそうで……」

こういうのが一番困る。う〜ん。タクシーちゃんと乗れるやろうか、何時頃帰ってくるんやろうかと気が気でない。

そんな時に限って、ロビーのテレビから若い女性が巻き込まれた事件や事故のニュースが流れるのだ。

「みんな、気をつけてや」と言うと、「ほんと、怖いですよね」「気をつけないとね」と眉をひそめて怖そうにしてみせる。しかし、下級生たちは、新人公演の稽古がある。公演の後に、まだ稽古をしてから帰ってくるのだ。いつも門限ギリギリだ。若いとはいえ、よく体がもつなと思う。

俺は着到板の前で気を揉みながら待つことしか出来ない。

食事は基本的に寮食である。皆がバラバラの時間に食べることになるので、賄いのコックさんは決まった時間で帰ってしまう。

コックさんが帰った後のお給仕は自分ですることになる。合宿みたいやなと初めは物珍しかったが、すぐに侘しくなってきた。

毎朝、「ごはんが出来ましたよ」という雅代の声で食卓につく。テレビの情報番組をつけて、出勤時刻を気にしながら急いで食べ、「ほらほらまたそんなに慌てて」と注意される。……そんな朝が早く戻ってこないかなと思う。

夕食は夕食で食べない者も多い。新人公演の稽古をしている下級生たちは、帰ってから食べる時間はないだろうし、上級生たちはファンの『お呼ばれ』があるので、やはり門限ギリギリに帰ってくる。だから夕食が必要な者は、着到板に緑の札を掛けておく。

広い食堂の隅で、俺は一人でもそもそ食べていた。

同じ時間帯に食べている生徒もいるのだが、一緒に食べようとはなかなか言いにくいし、彼女たちは同期生と一緒なので邪魔をしては悪いだろうとついつい思ってしまう。

そうだ。

「多々良さん、東京行って寮食に飽きたらこの店に行くといいですよ」と先輩お父ちゃんたちに教えてもらった店があったのを思い出した。

「ホームシックになった時、心に沁みる店ですから、ぜひ」とも言われ、いい年して誰がホームシックになんてなるかいな、と思っていたのだが……。今日こそ行ってみようと思った。

打ち上げにもよく使う店だから何も心配がないとのこと。

その日、着到板には札を掛けずに、店に行った。店員さんに新しい生徒監であることを告げると、

「そうですか。新しいお父ちゃんですか。はあ、月組さんの。それはそれはようこそおいでくださいました。今後ともご贔屓に願います」

とご主人に大変丁重にご挨拶されて恐縮してしまう。

なるほどみんなが東京に来たら通うはずだ。とても居心地がいい。

お父ちゃんが門限に遅れるようなことはあってはならないから、あまり呑(の)みすぎないようにしなくてはと気を引き締めようとするが、ついついリラックスしてしまう……そんな雰囲気の店だ。

引き戸が開いて客が入ってきた。

「あっ、お父ちゃんだ。やっぱりここだった！」

振り返らなくてもわかる。この大声はサンバだ。

「本当だ。やっぱり、サンバは鼻が利(き)くねえ」

次に入ってきたのは、副組長のメンデル。

「メンデルさん、サンバさん、いらっしゃい」

愛想良くご主人が迎え入れる。二人とも常連のようだ。

「お父ちゃん、お隣、よろしいですか？」

「ああ、ええよ。どうぞどうぞ」

俺を挟(はさ)んで二人が座る。

「お父ちゃん、両手に花ですね」

自分で言うか？　と思ったが、口には出さなかった。

「なんや、二人とも今日は『お呼ばれ』ないんか？」

「まあ、無きにしもあらずだったんですが……今日はそれは遠慮させていただいてですね、サンバが今日、お父ちゃんの着到板、夕食不要になってたから、きっとここにいらしてる、ご馳走してもらいましょうって」

「そりゃ、目ざといな。……まあ、ええわ。なんでも好きなもの頼んでな」

「わあ、さすがお父ちゃん、太っ腹」と言って、二人で次々と注文する。

「タカラジェンヌやなくて、たかりジェンヌやな」と呟くと、

「お父ちゃん、うまい！　と言いたいところだけど、私たち、もうそれ百万回も聞きました」

「えっ、ほんまかいな。実際はそんなことないやろ？」

「当たり前です！」

二人とも気持ち良いほど食べる。それも上品に。ほんの少ししか食べない若い娘もいるが、そういうのは、ご馳走のし甲斐がないと常々思っていた。

「大将！　ここのお料理いつも、ホント美味しいですねえ」

言われたご主人もついつい顔をほころばせ、

「はい、これサービスね」

と新しい料理を持ってくる羽目になる。口も、それからお箸（はし）の使い方も二人とも本当に上手や。

「お父ちゃん、どうぞ」

「そんな、タカラジェンヌにお酌（しゃく）してもらったらバチが当たるわ」

「いやいや。それでなくても私たちいつも帰りが遅くてお父ちゃんにご迷惑おかけしてますからね。たまにはいいじゃないですか」

よし、今日は役得（やくとく）を謳歌（おうか）することに決めた。そやけど、これって、えこひいきしたことにならんかな……まあ、いいか。


どうにかこうにか初めての東京公演引率を無事に終えることが出来た。今度は全国ツアー。いったん本拠地に帰り、新たにメンバーの発表を待たなければならない。大劇場公演と東京公演は、組子全員が参加するのだが、地方公演はそうではない。小規模公演用の『バウホール』での別演目に参加する者、ディナーショーなどに回る者、それから……どこにも呼ばれなかった者に分かれてしまうのだ。今度は、総勢三分の一に減った月組の組子を束（たば）ねて全国を回ることになる。

みんな可愛い我が娘なんや。いろいろに分けられてしまうのは切ないなあと『帰宝列車』でため息をついていると、

「お父ちゃん、幸せの妖精が死んじゃいますよ」

サンバに肩を叩かれた。

「帰りはホームでみんなのこと待ってへんかったんですね」

「当たり前や。こんな気を遣う車両、誰も乗らんて教えてくれたんはお前さんやないか。そやけど、なんでお前また乗ってきたんや。チケット譲れるお付きかて、ファンかておるやろに」

「先日、お父ちゃんにえらいご馳走してもらったから、お礼に道中お相手しようかと思って」

ペロリと舌を出す。

「あほか。俺かて気兼ねなくのんびり帰りたかったんや。有難迷惑ってやつや」

と悪態をついてやると、全然気にしたふうもなく、

「まあまあ。こんな美女がずっとお相手してあげるんや、素直に感謝したらどないです?」

とウィンクする。あほかとまたまた力が抜けてしまった。

『帰宝列車』では、もうサンバは宝塚弁に戻っていた。

一か月ぶりに我が家に帰り、雅代に東京土産を渡すと、

「あらあ、お土産やって珍しいな。新婚の時以来なんちゃう？」

とはしゃいでみせた。

何せ夫婦になって初めて、一か月もの間家を空けたのだ。電話で話していたとはいえ、久しぶりに顔を合わせるとなんだか照れくさいような、変な感じだ。

「留守中、何か変わったことなかったか？」

何気なく聞くと、

「あら、あなたでもそんなこと言うんや。駅員しとった時は、仕事のことばかり考えて家のことなんか何にも心配したことないのに」

「あほか。毎日帰って来とったやないか。何かあったらわざわざ聞かんでもわかるわ……。お前が家のこと、ちゃあんとやってくれてたのは、ようわかっとったわ」

へーっと目をまんまるくして笑う。

「ともかくお疲れ様でした。それで何か向こうで大変なことなかったん？」

「あかん。いろいろ面白い話あるけどな。お前、近所のおばはんたちに話すやろ。そした

らえらいことになんねん」

「いけずやな。絶対オフレコにするから教えてえなあ」

「ほんまか？　信用出来へんなあ」

「絶対、絶対や。ほな指切りしよか？　指切りげんまん……」

雅代はこんなに幼かったかなあ。まるで娘に戻ったみたいやと思いながら、久しぶりに夫婦で語らう夜は更けていった。


宝塚歌劇団が全国ツアーを行う場合に一番重要になるのは、その劇場に緞帳があるかどうかということだ。どんなに最新式の設備を誇り、たくさんのお客さんが入る劇場であっても緞帳がなければ宝塚歌劇団の公演は出来ない。緞帳が開くと歌劇の始まりで閉まった時が終わりの合図なのだ。

今回の地方公演のスタートである大津市民会館の客席で、仕込みに忙しく立ち回るスタッフたちを眺めて、何か手伝えることはないかとも思うが、素人の自分が下手に手を出すとかえって迷惑だと思い直して手持ち無沙汰にしている。

今、大道具さんたちは、宝塚歌劇の象徴ともいうべき『大階段』を組み立てている。地方公演にも持って回るんやんなあと感心してから、そりゃそうや、あれがないとタカラヅカとは言えへんもんなと一人で納得していた。

あっと言う間に組み立てられた大階段を見て、あれっと思った。これまで見慣れている大階段に比べてずいぶん小さい気がする。数えてみる。やはり十段しかない。錯覚ではなかった。

大劇場や東京宝塚劇場の大階段は二十六段ある。

実は、関係者の特権というやつで、俺は大階段のてっぺんに乗せてもらったことがある。大劇場の仕込みの時に大道具の原口が、「上がってみてもいいですよっ」と言うので、「そんな……恐れ多いです」と口をもごもごさせていると、

「多々良さん、歌劇の大階段に乗れる男の人なんて滅多にいませんよ。冥途の土産にぜひ、経験してくださいよ」

と真顔で言った。縁起でもないなあ、たぶん意味わからんで言葉使うとるやろと思いながらも、確かにこんなチャンスを逃すのはもったいないかもしれないという気がしてきた。

結局、ほな、お言葉に甘えて、と周り中にぺこぺこしながら最上段に上がらせてもらった。

ずいぶんと高い。客席を見下ろすと大袈裟ではなく足が震えた。スタッフさんたちがそ

んな俺の様子をにやにや見上げているのがわかる。

「ずいぶん高いですねえ」

緊張を押し隠しながら言うと、

「多々良さあん。気をつけてくださいよお。落ちたら洒落にならないすからねえ」

「はーい。気をつけまぁす」と返すと、少し落ち着いたような気がした。背筋を伸ばし、改めて辺りを見渡す。最上段で姿勢を正して、真っ直ぐに目線を向けるとちょうど劇場の二階席の中間あたりになる。今度は思い切って一段だけ降りてみる。ずいぶん幅が狭い。こんな狭いところをあの娘らは、下を見ないで真っ直ぐ前を向いて降りてくるんや。トップさんなんかあんな重たい羽根背負って降りて来はるんやで、あんな高いヒールの靴履いてやと、背筋が寒くなった。お礼を言って帰ろうとすると原口が声をかけてきた。

「多々良さん、ご感想は？」

「いやあ、ずいぶん高いですねえ。あそこから下を見ないで降りてくるなんて、みんな大変ですねえ。幅もずいぶん狭いような気がしました。あれ、もう少し広くしてあげた方が安全なんじゃないですか？　あっ、それともスペースの問題であんまり大きく出来ないのかな？」

言ってしまってから失敗したと思った。スタッフさんのプライドが高いことは重々承知しているのに、素人が余計な口出しをしてしまった。

　ところが原口は、チッチッ、だからトーシロは困るなあといったような表情を浮かべ、やさしくこう教え諭(さと)してくれた。

「あのね、多々良さん、この幅二三センチしかないんだ。なんで二三センチか？　ちゃんと訳があるんだ、これが。二三センチって言ったら普通の女の子の足のサイズよりちょっと小さいっしょ？　そのちょっと狭くなっているのがミソなんだよ。多々良さん、ちょっと見て」

　そう言って、わざわざ自分の雪駄(せった)を片一方(かたいっぽう)脱ぎ、持っていたノートを段に見立てて解説する。

「ほら、多々良さん。この雪駄ちょっと大きいけど我慢してよ。こうやると体重がかかって下を見なくても降りられるってわけ。靴の幅より広いと踵がひっかかって、かえって危ないんだな、これが」

　目から鱗(うろこ)ですね、なるほどねえと感心してみせると、原口の鼻の穴は大きくふくらんだ。

　地方公演では十段になるが、それでも怖くないんかな、危なくないんかなと思う。客席から劇場ロビーに回ってみる。『お衣裳(いしょう)部さん』や小道具さんたちが本番前に慌ただしく確認作業で走り回っているソデを通るのがなんとなく憚られたのである。

ロビーから楽屋口に回ると、サンバがいつものように廊下をあたふたと走り回っていた。思わず足元を見る。シークレットというだけあってパンタロンの裾に隠されたそのヒールの高さは、見た目にはわからないが相当なものだろう。あれを履いてあの狭い階段を下も見ずに、背中に大きな羽根をつけて降りてくるんやな。

急に心配になって、忙しそうに走り回っているサンバをつい呼び止めてしまった。

「あのなあサンバ、忙しいとこ悪いんやけどなあ、俺な、大階段に乗せてもらったことあるんやけどなあ、あんな高いとこから下も見ずによく降りられるなあ。誰も落ちたことないんか」

「ありますよ。しょっちゅうみんな落ちてますよ」

あっけらかんとサンバは答える。

「そんな、しょっちゅうって。危ないことないんか?」

「危ないよりも、恥ずかしいです。大勢のお客さんの前で滑り落ちるんやから、こんな恥ずかしいことはないです」

「痛くないんか?」

「恥ずかしくって痛さなんか感じません。ただひたすら恥ずかしい恥ずかしいって思います。終わった後、ぶつけたとこが痣になっていて、ああ、痛いなあとは思いますけど……お父ちゃん、そろそろ『板付き』なので……」

「ああ、忙しい時にごめんごめん。サンバ、大階段気いつけてな」

「はあい、ありがとうございます」

　ところが心配した大階段ではなく、全然違う所で事故は起きた。ロビーでぼんやりとお客様を眺めていたら、受付スタッフが小走りに近づいてきた。血相が変わっており、ただならぬ雰囲気である。

「多々良さん、大変です。サンバさんがセットから落ちました。至急、舞台までお願いします」

　楽屋口から舞台めがけて走る。人だかりの中、サンバがうずくまっていた。耳元でメンデルがささやく。

「頭を打ちました。本人はやれる言うんやけど、頭やから検査が必要やと思います。お父ちゃん、申し訳ないけど車で救急病院に連れて行ってください」

　ツアー先の救急病院の場所をチェックするのは、お父ちゃんの大切な仕事である。当然、場所はわかっているが……。

「それはええけど、救急車呼ばんでええんか」

「意識もあるし、本人は立ちあがってやるつもりでおるくらいやから大丈夫や思います。ただ、検査は絶対必要やし、救急車がサイレン鳴らして来て、ファンが動揺しても困るやろから……」

ファンのことよりも生徒の体が先やろとむっときた途端、サンバが金切（かなき）り声をあげた。

「大丈夫です。私やれますから。終演後に必ず病院行きますから……お願いですからやらせてください」

「余計なこと言うな。それより代役の確認や。誰やったかな？」

「私がやります」

メンデルが進み出た。

「以前の公演ではサンバの役は私がやっていました。一場は私出ていませんし、次の場での着替えも大丈夫です。台詞（せりふ）も入っています」

「そんな……上級生に代役していただくわけには参りません！　本当に大丈夫です。私やれますから……」

泣き叫ぶサンバを尻目に、出演者たちもスタッフも大慌てで段取りの確認を始める。

「多々良さん、お願いします」

目配（めくば）せされ、大道具さんたちに手伝ってもらい、泣き叫びあばれるサンバを押さえつけて担架に乗せる。

　開演を待って、楽屋口に待たせてあったタクシーで最寄りの救急病院に向かう。もうお客様は全て入場しておられたため、誰にも気付かれずに済んだ。

　頭のことやから一刻も早く医者に診せんとあかんということはわかっているし、もっと大事なのは親御さんからお預かりしている大切なお嬢さんの体のことのはずやのに、一番気になっているのはお客様のことや。お客様が動揺せえへんように……それが最優先事項になってる。

　いや、そうやない、ほんまはお客様の前で下手を打ったらアカンいうことや。宝塚はいつだって夢を提供するところや。それやのに誰かが怪我したなんて生臭いことになったらあかんのやと思ってる。でもそんなんでええんやろうか。

　隣で気持ち悪そうに額から脂汗を流し、じっと目をつぶっているサンバの様子を窺いながら俺はずっとそんなことを考えていた。

　病院で事情を説明すると、すぐにＭＲＩ検査になった。俺は一人検査室前の廊下のソファーに座って待った。事故の直後は、興奮していたせいかよくしゃべっていたが、車の中ではぐったりと目をつぶっていた。気持ち悪いとこないかと聞いても、黙って首をふるだけだった。

頭を動かしてはいけないと思うからそれ以上は聞けなかったのだが……。全国ツアーはスタートしたばかりだ。明日からの公演はどうつないでいく？　いやいや親御さんに何とお詫びしたらいい。そうだ、親御さんに連絡した方がいいのだろうか。いや、診断の結果がちゃんと出てからの方がいい。様子もわからないうちに心配させてはいけないだろう。第一、サンバの実家の連絡先は今わからないではないか。

ずいぶん時間が経ったように感じたが、実際は三十分程だった。ようやく担当医師と面談することが出来た。

「どうでしたでしょうか」

おずおずと切り出すと、まだ若い医師は写真を示し、

「とくに内部の出血や損傷の痕は見られません」

と語った。思わず安堵のため息が漏れる。

医師は、事故の状況説明を求めた。かいつまんで話をすると、

「頭を打った時には、絶対動かしてはいけません」

医師がそんなことも知らないのかとあきれたように言う。申し訳ありませんと頭を下げるしかない。

「なぜ、救急搬送しなかったのですか？」

「なぜ、救急車を、一一九番を使わなかったのですか」

申し訳ありませんとまた頭を下げるしかなかった。頭を下げつつも、どうしても聞かなければならないことがある。

「それで……明日から舞台に立てますでしょうか」

心底あきれたように医師は天を仰いだ。事の重大さをこの親父はわかっていない、人の命をなんだと思っているのだという軽蔑を、まだこの若い医師は隠すことが出来ない。しかし、そんなことはわかっている。どうしても聞かなければならない。これは私の務めだ。医師も努めて冷静になろうと一呼吸置いてから語った。

「確かに今のところ、脳に損傷も見当たらなければ、出血も見られません。とくに異状は認められないということです。しかし、部位が部位だけにどれだけ慎重になってもそれで十分ということはありません。そうですね、……本日はこのまま入院していただいて、明日もう一度検査してその結果で退院出来るかどうか、舞台に復帰出来るかどうか決めましょう」

なるほど、今晩、サンバはホテルに帰れない。明日も休演だ。仕方がない。

「わかりました。よろしくお願いいたします」

今日は、昼公演、マチネのみの一回公演。時計を見るともう夕方の五時になっていた。きっとみんなやきもきしているだろう。今のところ心配はないことを連絡してやらなければならない。

入院手続きをしていると、金切り声がロビーに響いた。

「誰か、その人を止めてください！」

見るとサンバが自動ドアをこじ開けるように突破している。慌てて後を追う。追いついて羽交い締めにする。

「こら！　無茶するな！　さっさと病室に戻るんだ」

「ダメ！　明日も舞台に穴開けるなんて絶対ダメェ！」

看護師さんが息を切らして追いついた。通行人が物珍しそうに見て通る。

「勝手に逃げ出したら駄目でしょ！　あなたは怪我人なんですよ」

「いいえ。帰ります。私はぴんぴんしています。明日から舞台に復帰します！」

「何をわがまま言ってるんだ！」

もう少しで頬を張るところだった。今、一番やってはいけないことは頭に衝撃を与えることだった。自分に理性があってよかった。

サンバは私の剣幕にびっくりしたのか、ポカンと口を開けている。

「サンバ、通行人に気付かれるぞ。騒ぎになってもいいのか？」

目にいっぱい涙を溜めてイヤイヤをしているサンバの腕を取り、看護師さんと一緒に引きずるように中に戻る。

「いやだあー！」

鍛え上げた声で泣き叫ぶものだから、何事かと通行人が立ち止まっては面白そうにしている。

ああ、結局目立っちゃったなと俺はため息をついた。

一晩泊まるとなると、娘さんには何がいるのやろと思案に暮れる。洗面用具、タオル、寝間着（ねまき）……自分が出張する時の用意を思い出しながら、はたと大変なことに思い至った。下着はどうすればいいんやろ。どこでどんなもんを買ったらいいんやろ？

弱り果てて妻に電話することにした。サンバが舞台セットから落ちて入院だと告げると、雅代も驚いて電話口で大きな声を出した。

「念のための入院や、取りあえず今日のところは様子を見るみたいや。それでな、女の子の入院で必要なものってなんや？　普通の洗面セットみたいなやつはわかるけど、下着とかパジャマとかどうしたらいいんやろ？」

「そんなん、あなたが用意したらサンバちゃんも恥ずかしいやろ。サンバちゃんのお付きの人に頼んだらええやないの」

「あほ。そんなこと頼んだらサンバに何かあったとわかってしもうて騒ぎになるやないか。内緒にせんとあかんのや」

「あなたの方こそあほや。今日の舞台、もうサンバちゃん休演してしもうたんやろ。サンバちゃんになんかあったことはもうバレバレや。それに、お付きの人のところにファンの人たちから、サンバちゃんどないしたんやって問い合わせ殺到してんのとちゃうの？　お付きの人の顔立てるためにも頼んだ方がええよ。それで騒ぎにならんようにうまく采配(さいはい)振るってもらった方がええって」

「そやけど……、ファンの人に下着とか頼めんやろ」

「お父ちゃんが持っていくよりずっと恥ずかしないって。あの子の気持ちになって考えてみ」

　しばらく考えて雅代の言うとおりだと思った。手帳を取り出し、サンバのお付きの電話番号を探した。

　すったもんだの入院劇だったが、翌日、退院を許されたサンバはその日の夜公演、ソワレから復帰した。

昨日、サンバのお付きは、すぐに大阪から車をとばして頼まれたものを届けに来た。不思議でたまらないのだが、お付きと呼ばれる女性たちはどうして生徒のことを最優先で行動出来るのだろう。自分の仕事や家族のことよりも、どう考えても生徒が先のように見える。他人事ながら「大丈夫なのか？　この人たち……」と思ってしまう。

結局、持ってきてくれた大きな紙袋の中身はほとんど使わず、サンバは「ご迷惑をおかけしました」と戻ってきた。みんな大喜びだった。代役を務めていたメンデルも心底ほっとした顔をしている。

「本当にやれるんか。無理したらあかんで。今日も様子見でメンデルに演ってもろうたらどうや」

舞台監督のもっともな心配も何のその、サンバを囲んで、フレッフレッサンバ！　フレフレ！　とエール交換を始めた。皆泣き笑いである。

考えてみれば週に一回の休みで、一日に昼夜二回の公演の日もある。よく今まで取り返しのつかないような事故にも怪我にも病気にもあわなかったなあと思う。

ずいぶん前に、セリに巻き込まれて亡くなった生徒がいるという話を聞いたことがある。もし、自分がお預かりしているお嬢さんがそんなことになったらいったいどうすればよいだろう。

駅員時代には、大きな事故に何度も遭遇した。一番悲惨だったのは踏切での人身事故だった。葬儀の時に遺族の顔をまともに見ることなど出来なかった。事故を防ぐことが出来なかった自分の不甲斐なさ、遺族の方々の心痛を思うとやりきれなかった。お父ちゃんになってからの自分は、これまでのところ幸運に恵まれているのだろうとしみじみ思う。

そういえば、ここの劇場にも楽屋に通じる廊下に神棚(かみだな)が祀(まつ)ってある。大劇場でも東京宝塚劇場でも同じだ。前に聞いたことがあるが、宝塚に限らず、日本全国どこの劇場でもたいてい神棚があるそうだ。やはり、公演の無事を祈るのだろう。改めて神棚に手を合わせて感謝の言葉を伝えた。

「サンバが大きな怪我でなくてありがとうございました。感謝しています。これからも生徒たちがひどいめにあいませんように」

つぶっていた目を開け、そういえばどこの神さんか知らんかったなと確かめる。芸能の神さんやから……ええっとと目を凝(こ)らして見たが、よくわからない。

「どこぞの神さんかようわからんけど、よろしくお願い……そんなことないな、そんな失礼なことないな。弱ったなあ」

どの神さんにお願いしているのか悩みに悩んだ末、閃(ひらめ)いた。

そや。タカラヅカの神さんや。「清く、正しく、美しく」の神さんや。宝塚歌劇団の行くところ、いつもタカラヅカの神さんが一緒に来てくれて、みんなを守ってくれている、どの劇場にもタカラヅカの神さんが居てくれはって生徒たちを守ってくれている。そうや、そういうふうに考えとこ。気が楽になった。これからどの劇場に行ってもしっかりとお参りせんとな。

しかし、トラブルは音もなく忍び寄ってくる。決してタカラヅカの神さんのご利益を疑うものではないが、今回の全国ツアーはトラブル続きになってしまった。

大津から移動して次の都市のホール。劇場が変わるたびに搬入、仕込みを繰り返さなければならない。

大忙しで開演支度を行い「場当たり」稽古をしている時である。メンデルが、背中が痛い背中が痛いと言い出した。やけに顔色が悪い。

「どないしたんや？　顔色悪いで。大丈夫かいな？」

聞くと、大丈夫ですと答えるが、しんどそうで、どう見ても大丈夫ではない。

「大丈夫ですって」

「でも、メンデルさん、おでこに脂汗かいて……大丈夫じゃないですよね」

自分のことがあったせいかサンバが率先して声をかけている。とうとうメンデルはうめき声をあげてしゃがみ込んでしまった。

「これ、ほんまにえらい病気と違う？　救急車呼んだ方が……」

「あかん、救急車はあかん」

押し問答(もんどう)の末、ついに舞台監督が決断する。

「多々良さん、申し訳ない。副組長を病院に連れて行ってください。よろしくお願いします」

副組長という言葉にメンデルはびくっと反応したが、もう抵抗しようとはしなかった。責任ある立場の者が持ち場を離れることなどあってはならないと思っているのだろうが、それでも振り絞る気力がもうないのだろう。それほどメンデルの病状は悪いのだと気を引き締めた。

「メンデルの代役は？」

という舞台監督の問いに、

「私です」

とサンバが進み出た。借りを返すんやという意志が体中に漲(みなぎ)っているようだ。

担架に乗せられたメンデルを楽屋口に運び、呼んであったタクシーが停まると同時に肩を貸して乗せる。時間帯が幸いした。入り待ちのファンはほとんどおらず、誰にも気付かれずに車を出すことが出来た。

病院の診断は腎盂炎だった。当分の間、安静にしなければならない。だが、命に別状はないとのことである。心底安堵する。大切なお嬢さんをお預かりしているのだ。もしものことがあったらご家族に顔向け出来ない。

担当医師からの診断内容を聞き、必要な入院手続きを済ませると、サンバの時の教訓を生かし、メンデルのお付きにまず電話をした。病状を正確に伝え、入院に必要なものの手配を頼む。

それからメンデルの実家——宮崎のご両親に電話をする。私がついていながら申し訳ないとお詫びをし、入院するが重篤というわけではない、心配はいらないことを伝えた。その途端、どちらも電話口で絶句し、その後矢継ぎ早の質問が飛んできたが、当然の反応だと申し訳なく思うしかなかった。

入院するタカラジェンヌを大部屋に入れるわけにはいかない。空いていないというのを無理にお願いし、VIP用個室に入れた。メンデルは痛み止めが効いているのだろう、コンコンと眠り続けている。もう病室にいても自分に出来ることは何もない。疲れもあったんやろ、ちょっとゆっくりしたらええとそっとドアを閉めた。

ホテルにサンバが戻っていないと知ったのは夜中の十一時過ぎだった。

明日はマチネ公演のため朝が早い。俺はメンデルの入院騒ぎで疲れ果て、早々にベッドに入っていた。そこにノックの音である。

「お父ちゃん、起きてはりますか？　大変なんです」

パジャマのまま、そっとドアを開ける。ミユキがただならぬ面持ちで立っている。

「どないしたんや。こんな遅くに」

「サンバさんがまだ帰ってこんのです」

「なんや、さっきの点呼の時、おらんいう報告なかったやないか」

「ごめんなさい。私がサンバさんおられると嘘をつきました。こんなに遅くなっても帰っていらっしゃらないとは思わなかったんです。本当にごめんなさい」

「どないしたんや。今、あいつどこにおんねん」

「たぶん、まだ副組長の病室や思います。見舞いに行ってくるから、もし遅くなって点呼に間に合わんかったらうまくやっといてって頼まれて……本当にごめんなさい」

「メンデルの所におんのか？　ほんまにあほやな。おっても別に治るわけでもないやろになあ。なんで疲れてる自分の体労らんねん。明日はマチネで早いのに」

大丈夫や、俺が連れて帰ってくるからとミユキを部屋に戻し、着替えてタクシーに飛び乗った。

もうとっくに面会時間が過ぎているという守衛さんの当然の応対を強行突破する。メンデルの病室のドアを、細心の注意を払ってそっと開ける。

ベッド脇のパイプ椅子に座ってうたた寝をしているサンバの姿が見えた。

「患者さんの妹さんだとおっしゃって、慌てて東京からいらして、どうしても今夜は付き添うとおっしゃるもんですから……」

いつの間にかナースセンターからやってきた看護師さんが耳元で囁いた。

こんな金髪リーゼントの妹がおるかいなと思ったが、サンバの傍らですうすうと寝息を立てているメンデルも、金髪で形の崩れたリーゼントのままである。

メンデルを起こさないように、そっとサンバの肩に手を置き揺さぶる。

びくっと目を覚まして一瞬寝惚けて「ここはどこ？」という顔をしたがすぐに、

「ああ、お父ちゃん」

と声に出さずに呟いた。

「『ああ、お父ちゃん』やないで。何をやっとるんや、こんな時間まで。心配するやないか。さっさと帰るで！」

こちらもほとんど息だけで叱責した。

「駄目です！　今日は一晩中副組長に付き添います。朝になったら遅れずに劇場行きますから」

「何をアホなこと言うとんのや。体に障るやろ、お前さんがおってもおらんでも、副組長の容体が変わるわけやないやないか」

「若いから一晩くらい平気です」

「ええ加減にせえ！」

声を出さずに気合いと息だけで怒鳴りつけた。そのまま睨み合う。メンデルは静かな寝息を立てている。

「私が怪我したときに、メンデルさんが代役やってくれたんですよ……私が今恩返しせんとあかんやないですか」

眼差しが揺れたと思ったら、サンバの眼から一粒涙がこぼれおちた。

「ええか、サンバ。お前さんがここにおって明日もしベストのパフォーマンスが出来ひんかったらどないすんねん。……そりゃあ、若いから一晩二晩の徹夜くらい平気かもしれん。せやけど風邪でも引いて、もし声が出えへんようになったらとか、ちょっと熱が出たりしたらどうしようとか考えんのか？　ゆっくりベッドで寝た方が、疲れも取れていい演技が出来るとちゃうんか？　そりゃお父ちゃんは舞台のことは素人や。お前さんの方が舞台のことはよう知っとるやろうし、プロやからな、自分の体のこともようわかっとるやろ。そやけどな、お父ちゃんかて仕事をしっかりするためには何よりも体調管理が大切なことはよう知っとる。メンデルはお前さんが、自分のやるはずだった役を見事にこなすことを一番望んでる思うで。そして何よりもお客さんが喜ぶ演技をすることがお前さんの使命やろ。ここで夜明かしすることがお前さんのしなければあかんこととちゃうはずや。な、お父ちゃんと一緒に帰ろ。そしてゆっくり休んで明日メンデルの分までいい舞台しよ」

その途端、うわ～んと大声をあげて泣き出すもんだから慌ててサンバを連れて廊下に出た。

メンデルは目を覚まさない。よほど薬が効いているのか、それともよほど大物なのかよくわからない。俺は泣きじゃくるサンバをタクシーに押しこんだ。

新作の稽古をし、宝塚大劇場で公演し、次に東京宝塚劇場で公演し、その後、全国公演に出かけ、その後束の間の充電期間を迎える……この年間サイクルを何回か繰り返し、俺の「お父ちゃん」業も少しは板についてきたように思う。

副組長だったメンデルは、組長に昇任する前に、見初められて寿退団した。生徒たちは慣例により結婚する者は歌劇団を卒業しなければならない、のだそうだ。つまり、今居る生徒たちは全員独身なのだ。その事実に軽い眩暈を覚える。

若い娘さんがほとんどだから独身が多いだろうとは思っていたが、まさか全員とは……。専科や理事の中には相当年配の女性もいらっしゃる。中には家庭を持ちながら続けていらっしゃるベテランもいるのではないかと漠然と思っていたのだ。

メンデルは肩の荷を下ろしたように晴れやかな笑顔で卒業し、結婚した。彼女の披露宴には俺も招待され、初めてご両親にご挨拶した。全国ツアー中に急性腎盂炎で入院させてしまったことを思い出し、

「本日は誠におめでとうございます。その節は大変ご迷惑をおかけしました……」

と言うと、メンデルのお父さんも、

「いや、こちらこそその節はご迷惑をおかけしました……大変お世話になりました」

とお互いペコペコ頭を下げ合った。

サンバを始め、多くの生徒や同期生、下級生が招待されていた。余興では生徒たちによる「すみれの花咲く頃」を始め、多くの有名な歌曲が披露され、それはそれは華やかな宴になった。多くの女性のあこがれであるタカラジェンヌを娘に持ち、今度はかくも盛大な披露宴を行うことの出来る父親はどれほど幸福かと思う半面、人にはわからない苦労もたくさんあるのだろうなあと思う。披露宴は宝塚で行うだけでなく、メンデルの実家が

ある宮崎でもう一回行うようだし……。

その頃、サンバはすっかり演技派として鳴らし、渋い脇役として活躍していた。『愛宝会』というファンの団体から『野菊賞』もいただいていた。名実共に芝居の上手な脇役として認められたということである。トップスターになれなくても、自分のポジションをしっかり築いた彼女は素晴らしいと思う。サンバ以外にもこの頃の月組は、「芝居の月組」というキャッチフレーズをファンからいただいていた。俺自身も、「芝居の月組」のお父ちゃんなんやと大いにやりがいを感じていた。

次の公演準備のため月組がオフ期間となり、自宅でくつろいでいると、突然サンバが訪ねてきた。

雅代は初めて生徒を家に迎え、ハイテンションである。

「お持たせで失礼やけど……」と言って、気取ってサンバが持ってきた宝塚の有名な和菓子と紅茶を出してきた。滅多に使わないマイセンのティーセットである。和菓子やったら紅茶やなくて日本茶やろと思ったが、後が怖いので黙っていた。

サンバも意に介さず「すてきなカップですね」と言いながら、美味しそうに大きな栗の入った菓子をボロボロこぼさずに器用に食べている。自分や雅代とは大違いだ。サンバに限らずどの生徒も食べ方は上品で抜群にうまい。きっとマナーもたくさん勉強してきたんやろなと改めて感じ入った。

嬉しさを抑えきれない雅代がハイテンションのまま喋り続け、サンバもにこにこしながら受け答えをしていた。当たり障りのない会話が一段落したのをきっかけに、

「ところでサンバ、今日はどないしたんや。わざわざ訪ねてきたのは、なんぞ大事な用があったんやろ？」

と聞くと、

「私、次の公演を最後に卒業しようと思いまして、先ほど歌劇団にご挨拶してきたんです」

冗談ではありませんよという面持ちで答えた。

絶句したまま一言も発することが出来ない。メンデルに続いてサンバも卒業するのか……雅代も何も言えないままだ。

「どうしてこんなに早く……寿なんか？」

「もう、違いますよぉ……ただ……」

「ただ？」

「ただ……もう、全部やり尽くしたような気がして……」

「やり尽くしたって、まだまだ若いやないか。ベテランで専科にいって頑張っておられる

方、ようけおるやないか」

「私、もう髭つけてシークレットブーツ履いて、カッコイイ男の人になるのに疲れてしまったんです。若いうちにちゃんと〝性転換〟して普通の女性に戻りたいんです」

サンバは真顔で言ったのに、雅代はぷっと噴き出して大笑いを始めた。

「ああ苦しい。性転換ってあんた……普通の女性ってキャンディーズじゃあるまいし……アハハ……ああおかし！」

いつまでも笑いが止まらない雅代に、さすがにむっとしているサンバに気を遣い、俺は、

「それで辞めて何するつもりや」

と聞いた。サンバは途端に瞳を輝かせて、

「とりあえずアメリカに行くつもりです」

と答えた。

急に笑いを止めて雅代は、

「アメリカ?」

と声を裏返した。

「そんな性転換やアメリカや言うて、突拍子もないことを次から次へ言う娘やなあ、ほ

んまお母ちゃんびっくりするわあ」

お母ちゃん？　聞き捨てならなかった。俺はお父ちゃんやけど、いつの間にお前まで『お母ちゃん』になったんや。

俺の戸惑いを知ってか知らずか雅代は畳み掛けるように聞く。

「それでアメリカに行って何するの？」

「これまで勉強してきた英語を活かして、アメリカの子どもたちに日本の文化を教えたいなあって思ってるんです。私、子ども好きなんです」

「子どもが好きって、あんた日本の子どもじゃ駄目なんか？　わざわざアメリカまで行くことないやろ」

「私、教員免許もないし日本では駄目や思うんです。それにアメリカって国が好きなんです。元タカラジェンヌだというしがらみもないし……」

「そやけど、あんたまだ若いやろ。お相撲さんかて引退する年やないんやないの？」

「お相撲さんと比べるのおかしいでしょ?!……私、十七年在籍したから結構年なんですよ。まだ頑張りが利くうちにいろいろ試したいんです」

ようやく口を挟むチャンスを得て俺も訊ねた。

「次のうちのトップは同期やないか。支えてやらんでええのか？」

「ちょっと悪いかなとも思ったけど、自分の人生だから……もう一度リセットしてゼロから人生やり直したいんです」

パチパチパチと急に雅代が拍手した。

「えらいなあ、サンバちゃんのこと見直したわ。そんな決心やったらもう誰も止められんわ。お母ちゃんが応援するさかい頑張りや」

また、自分のことお母ちゃんと勝手に言ってとあきれる。しかし、楽しそうに泣き笑いしているサンバと雅代を見ていると、これでいいか、サンバの決心は揺るぎそうもないしと思えてきた。そして、歌劇団に報告に行ったその足で拙宅にも報告に来てくれたサンバの義理堅さに気が付き、目頭が熱くなった。


卒業公演は、何もかも真っ白になっていく。卒業の日が近づくにつれて、下級生が卒業する上級生たちの楽屋をリボンやペーパーフラワーなどを使って白く飾っていくからだ。

サンバの『化粧前』周りは既に白一色だ。

サンバの最後の公演は、今売り出し中の演出家、柴崎が作・演出を担当することになった。

この作品でサンバが卒業することがわかって柴崎は謝ったそうである。

「申し訳ない。最後もおじいさん役で」

また、台本を仕上げる過程で質問したそうだ。

「悪いおじいさんと良いおじいさんなら、どちらを演りたいですか？」

それに対してサンバは、

「悪いおじいさん！」

と即答したそうである。最後はやはり『良い人』で、と言わないところが演技派のサンバらしいと思う。公演は二幕物で一幕はミュージカル。ここでサンバは白い髭と鬘をつけて登場する。悪いおじいさんだそうだが、とてもそうは思えない。確かに悪役なのだが瓢々として茶目っ気たっぷりの愛すべき老人という役作りになっている。サンバのキャラクターが為せるわざなのか、柴崎が卒業していくサンバのために極悪非道な人物として描かなかったのかはよくわからない。おそらくその両方なのだろう。

サンバの卒業を知っているファンのおかげで客席の雰囲気が明らかに違う。温かい応援オーラに満ち満ちている。これまで渋い脇役として舞台を支えてきた彼女に対するお客様の愛情だろう。有り難いことだ。

二幕目はお馴染みのショーである。普段はバックダンサーでしかないサンバの見せ場がここでもちゃんと用意してある。これがどれだけ破格の扱いであるか、今では俺にもわかるようになっていた。サンバも多くの人の応援を得て、張り切って最後の公演を務めている。

いよいよ千秋楽。

サンバの卒業の日。

朝から快晴。

サンバの化粧前は誇張でも何でもなく完全に白一色である。

一幕の愛すべき悪者じいさんの役を無事に終え、二幕のショーが始まった。

どの場面でもサンバはすぐにわかった。衣裳が変わっても立ち位置が変わっても、彼女の胸には必ずコサージュが飾られていたからだ。あれはファンや下級生がお衣裳部さんに頼んでわざわざ着けてもらうものだ。群舞の後ろの方にいても、たとえ贔屓でなくても、また初めて観る生徒だとしても、観客は卒業生を他の生徒たちと区別することが出来る。それは、彼女たちがコサージュを胸に着けているから。

「ああ、あの子とあの子が卒業するんだわ」

千秋楽のショーでは、客席のこんなひそひそ話を耳にすることが出来る。

大階段が出てきた。

「ああ、もう終わっちゃうんやな」と思う。宝塚歌劇の象徴である大階段が出てくると必ず寂しい気持ちになってしまう。背中に大きな羽根をつけた生徒たちが次々と降りて来て、挨拶を始める。最高に華やかだが、それでいて終わりの寂しさを感じさせるフィナーレである。

いよいよサンバの登場である。一際拍手が大きくなる。あの娘がショーでこの大階段を降りるのもこれが最後や、見届けんとあかん。最後の最後でこけることないやろな、はらはらどきどきや……。しかし、俺の心配とは裏腹に、本人はいつもと同じように颯爽とにこやかに降りてきた。そのまま客席にお辞儀して自分のポジションに立つ。これが最後だから絶対に失敗しないようにと妙な力の入り具合もなければ、変な感傷も感じられない。ただ自分の役割を果たしただけという清々しさだった。

そうなんや、まだ仕事中なんや。仕事中に思い入れたっぷりに変なことしでかしたりしたらあかん。後でゆっくり思い出に浸ればええねん。

トップスターの挨拶も終わり、いったん幕が閉まった。

幕前で同期生が三人、サンバとの思い出を語りながら時間をつなぐ。サンバは「退団したら結婚したい！」と同期生に語っていたらしく、三人が「誰かサンバちゃんをお嫁さんにもらってくれませんかー？」と客席に呼びかけながらエプロンステージを練り歩く。客席はほとんどが女性でわずかな男性は年配が多い。誰も立候補しないという残念な結果に、「サンバちゃん、誰もいないよー」と大声で叫ぶ。客席はもう大喜びである。

　サンバの着替えが終わり、幕が開くと大階段がそのまま残っている。組長がサンバのプロフィールを紹介し、自分や組子からのメッセージを読む。そして「サンバ！」と大きな声で呼びかけた。「ハーイ！」と返事し、サンバが大階段のてっぺんにすっくと立った。

　強烈なピンスポットが射貫く。トップスター用のハイライト。彼女は浴びるのは初めてのはずだ。トップスター以外は、卒業する時になって初めてこのスポットライトを浴びる。正真正銘、最初で最後というやつだ。

　紋付に緑の袴、五枚こはぜの足袋に草履のサンバは、今度は慎重に慎重にゆっくりと大階段を降りてくる。

　深々とお辞儀をして少し眩しそうにして話しだす。

「本当は人見知りなのに……誰も信じてはくれません……」

　最初の一言でドッとウケる。最後の挨拶でもちゃんと笑いがとれるんやな。改めて感心した。正真正銘のプロやな。

　そして思い出す。

一番大切なお父ちゃんの仕事。サンバのお父ちゃんとしての最後の仕事を。俺もプロとして、卒業パレードの仕事、しっかりせんとあかん。

俺はゴシゴシとハンカチで目元を擦(こす)った。

第二話

咲くや此の花

万里子の話し方がおかしいことに最初に気付いたのは、恥ずかしながら我々夫婦ではなく、義母だった。妻の紀子は、自分が気付かなかったことを今でも娘、万里子に申し訳なく思っている。いや、紀子だけではない。自分だって同じだと思う。

幼稚園に入る前のことだから、万里子が三歳くらいだったろうか。金沢から義母が上京し、一日、万里子の面倒をみてもらった。その日の夕飯の時である。

「お義母さん、今日は一日中、ありがとうございました」

と労をねぎらうと、義母はいかにも言いにくそうに、

「万里ちゃん、喋るとき、えらくつっかえるねえ。早めにお医者さんに行った方がいいんじゃないの？」

と切り出した。

万里子が吃音？　思わず箸が止まった。全然気付かなかった。

「本当ですか？　お義母さん」

「あらあら、気が付かんかったんかねえ。何も見てあげてないんやねえ。万里ちゃん、可

哀想や。紀子も気が付かんかったんか？　ほんまにそれでも親ですと言えるんかねえ」

ひどい言い方をすると思ったが、何も言い返すことは出来なかった。傍らで紀子もじっと下を向いて唇を噛みしめている。

その夜、紀子は寝床でこちらに背中を向けて声を押し殺して泣いていた。実の親から「お前は母親失格だ」と言われた悔しさ、不甲斐なさと娘に対する申し訳なさでいっぱいだったのだろう。俺も背中を向けたまま、心の中で「ごめん、ごめん」とひたすら二人に謝っていた。

翌日、車で義母を駅まで送った後、紀子と一緒に万里子を病院に連れて行くことにした。

車の中でいろいろ万里子に話しかけてみる。

「万里ちゃんは何が一番好きなの？」

聞いてからすぐに後悔した。子どもと遊んでやっている父親ならばそんなことわざわざ聞かなくたってちゃんと知っているに決まっている。

「ま、ま、ま……万里ちゃんはね。え、え……えっとね……」

どうして今まで気付かなかったのだろう。涙で視界がくもり、運転が危なくなった。

車をいったん路肩に寄せて、じっくり話をする。万里子は目を輝かせて、好きな人形のこと、お菓子のこと、TVの子ども番組のこと……を一生懸命話す。この子は、こんなに父親とおしゃべりがしたかったんだな……とまた涙が出て来た。

ごめんな、ごめんな……悪いパパで……。忙しいなんて言い訳に過ぎない。絶対パパとママで治してやるから。

医師は万里子にいろいろなことを話させ何やらカルテに書き込み、これまでの状況について尋ねた。そして、「一回では正確なことはわからない。続けて検査、治療を行う必要がある」と至極当然なことを宣言し、助言もくれた。

「お母様、お父様がどんなに忙しくてもじっくり話を聴いてあげることが一番大切です。お嬢さんが話しかけたら必ず『万里ちゃん、なあに？』と言って最後までじっくりとお話を聴いてあげてください。『今、忙しいから後でね』は禁句です。お嬢さんが自分の話を聞いてもらおうと思って急いで話そうとしてしまいますからね。いいですか。『万里ちゃん、なあに？』ですよ」

俺たち夫婦が商う「荒木屋酒店」は、板橋駅にほど近い商店街の一角に俺の父親が開業した小さな酒屋である。店舗にわざわざ飲み物を買いに来る客もいるにはいるが、やはり主力の業務は、繁華街の飲み屋への卸しである。軽トラックにビールケースを積んで配達するのが俺の担当で、店で注文の電話を受けたり接客したりするのを紀子が担当している。慣れぬ客商売で、紀子は万里子に話しかけられても、電話がかかってきたり客が来たりすると「ちょっと待っててね」と言って応対を優先させることが多かったのだろう。俺も積み込みが終わるとすぐに万里子にバイバイと手を振って軽トラックを出す。傍に万里子が来ると「危ないから、お家に入っていて」と遠ざけたことも多々あった。

医師の忠告に従って、二人で「万里ちゃん、なあに?」を合言葉にした。店のことが忙しい両親に何とかして自分の話を聞いてもらおうと、あせって万里子が話そうとしていたことがよくわかる。申し訳ない、申し訳なかった。店のことにかまけてお前のことをあまり考えていなかったね。

「万里ちゃん、なあに?」を夫婦で気長に続けたが、そう簡単に治る気配はなかった。

俺は、私立大学の経済学部を卒業後、自動車会社の販売店に勤めていた。生来、あまり社交的ではなかったせいで、セールスの成績は芳しくなかった。

要領よく客のご機嫌を取り、成績を伸ばしていく同僚を横目で見ながら、何とか自分も頑張ろうとするのだが、体育会系のノリもなければ、客をその気にさせる話術もなく、つくづくこの仕事は向いていないという思いが強まった。学生時代から交際していた紀子との結婚を機に、何とか成績を上げようともがいたのだが、どうしてもこの仕事が好きになれずどんどん気持ちが落ち込んでいった。

そんな時、父親から「店を継いでくれないか」と声をかけられた。実は幼い頃から酒屋という家業が嫌いだった。友達の父親たちのように、自分の父親にもネクタイを締めて「会社」に行ってほしかったのだ。しかし、父親の申し出は正直、嬉しかった。「この仕事は向いていない。このままだと近いうちに自分はボロボロになってしまう……」という思いに囚われ始めていたから……。過去の栄光に浸っていても仕方ないのだが、幼い頃は勉強がよく出来て、神童の誉れ高かったのに……と情けなくもつい思ってしまう。生まれつき体が弱かったこともあり、近所の子どもたちと広場で野球をして遊ぶよりは、家の中で一人で読書をすることの方が好きだった。そのせいか作文や読書感想文のコンクールでよく入賞し、大きな賞状をもらったものだ。父親や母親は喜んで額に入れて店に飾っていた。

商店街の仲間から「鳶が鷹を産んだっていうのはこのことだな」と冷やかし半分に言われ、「いやあ、こいつは勉強しか出来ないから」と聞き様によってはかなり嫌みな返答をまんざらでもなさそうに繰り返していたのを覚えている。

　ところが就いた仕事には、勉強も読書も関係なかった。口の悪い上司には飲む席で「お前、何、変なプライド持ってんだよ。そんなもん捨てちまえ。頭下げてなんぼだろうが。売り上げ伸ばせない奴は失格なんだよ」とからまれ、同僚には、ようやく開拓した客をよく横取りされた。文句を言うと、

「だってさ、荒木もたもたしてるんだもん。他にさらわれちゃったら元も子もないだろ？今度、借りは返すからさ」

　とあしらわれてしまう。あいつは仕事が出来ない。軽く見ても大丈夫だと思われていることをひしひしと感じる。

　いつしか出勤前に激しい頭痛と胃痛を覚えるようになっていた。内科では改善されず、勧められて心療内科に通うようになった。やがて両親は俺が心身に不調を来たしているのに気付いたのだろう。「もう年で体が言うことを聞かないし、せっかくここまで細々と続けていた店を畳みたくない。安定したサラリーマン稼業をやめさせるのは申し訳ないが、何とか店を継いではくれないだろうか」と持ちかけてくれたのだ。俺の面子がつぶれないように、親父が隠居するので不本意だけど……と退職出来る状況を作ってくれたのだ。こんなふうになってしまった自分が情けなかった。期待してくれていた両親に申し訳なかっ

た。有り難く両親の好意を受けざるを得なかった。

問題は紀子の母親だった。母子家庭で育て上げた一人娘を、わざわざ東京の私大に入れたのに、ちっぽけな酒屋のおかみさんにしてしまった。大手の自動車販売会社に勤めているから結婚を許したのに……。義母の失望に俺は俯くしかなかった。

紀子本人は、「私、商売するのってけっこうあこがれだったんだ」と明るく振る舞っていたが、どこまでが本心なのかよくわからなかった。

住んでいたアパートを引き払い代替わりしてまもなく、あいついで……本当にあいついでという表現がふさわしいのだが、俺は両親を亡くした。ようやく隠居してのんびりと二人で旅行でもしたかっただろうに、と今でも残念に思う。もっと申し訳なく思っているのは、初孫の万里子を両親に見せることが出来なかったことだ。

万里子が生まれた頃は、二人とも慣れぬ商売に悪戦苦闘し、親に頼ることも出来ず、十分に子育てに時間を割けなかった。店の奥の和室に寝かせ、店番をしながら、万里子が泣くとおむつを替えたりミルクをあげたりしていたのだ。歩けるようになってからは店の中で自由に遊ばせているに過ぎなかった。夫婦どちらかが必ず万里子と一緒にいることはいたのだが、目をかけていたわけではなかったと思う。

商店街の子どもたちは「とうちゃん、かあちゃん」と親のことを呼ぶことが多かったように思う。でも、俺は、万里子に自分たちのことを「パパ、ママ」と呼ばせていた。ネクタイ暮らしをあきらめた男の最後の意地のようなものだった。

残念ながら小学校入学までに万里子の吃音は改善されなかった。忙しい両親に自分の話を聞いてもらいたくて、あせって話そうとするのが原因であることはわかっている。医師のアドバイス通り、万里子に話しかけられたら何があっても手を止めて、「万里ちゃん、なあに？」と話を聞くようにしたのだが、一度ついてしまった癖はなかなか治らないのだ。

入学にあたって『家庭環境調査書』というのを書かなければならなかった。「家庭から学校に配慮してほしいこと」という欄に何を書こうか迷った。

「吃音のこと、どうする？　書いておく？」という紀子の問いに、

「そりゃ、書いておいた方がいいだろ。先生もきっと気をつけてくれるだろうし」

と深く考えずに応じると、

「まあ、ずいぶん簡単におっしゃること。じゃあ、あなたが書いて」と睨まれた。仕方がないので、

「あせって話そうとすると吃音が激しくなるので、娘が話そうとする時には、ゆっくりと聴いてやっていただきたいです。何かとご迷惑をかけるかと思いますが、どうぞ、よろしくお願いいたします」

と丁寧に記入した。


入学式が終わり、万里子の小学校生活が始まった。祖母に買ってもらったランドセルを背負って、毎朝、登校時刻が来ると学校に行く。ただいまと帰ってくると、すぐにレジカウンターの横の机でお絵かきをしたり宿題をしたりしている。

「万里子ちゃん、学校どう？　楽しい？」

と聞くと、

「うん、た、た、楽しいよ」

と必ず答えるのでまったく安心していた。万里子は、先生に配慮してもらって、楽しく学校生活を送っているのだと信じて疑わなかった。

ゴールデンウィーク明けに担任から家庭訪問をしたいという連絡があった。担任はまだ若い男性教師で、困ったように切り出した。

「万里子ちゃん、お家では学校のことをどのように言っていますか？」

「ええ、毎日楽しかったと言って帰ってきますが？」

「そうですか……」

担任はますます困ったような顔をする。

「万里子が学校で何か嫌な目にあっているのでしょうか？　いじめとか……」

担任は我が意を得たりとばかりに、

「そうなんですよ。万里子ちゃんの喋り方の真似を友達がするものですから、万里子ちゃん、可哀想に全然学校で話をしないんですよ」

驚きのあまり言葉が出ない。だから家庭環境調査書によろしく頼むと書いたのに……しかし、この担任はどうしてこんなににこやかに話すのだろう。

「万里子ちゃんが学校で一言も喋らないのを、全然ご存じなかったのですか？」

責めるような口調に夫婦揃ってうなだれるしかない。

「私が見ていればすぐ注意するんですけど……見ていない時に、学校の外なんかで囃(はや)されるんですよね。注意のしようがないんですよ」

何だ、それは？　言い訳なのか？　じゃあ、うちの子はどうすればいいんだ？　ただ黙っていじめられていろと言うのか？

しかし、全然気付かなかった駄目な親としては、面と向かって抗議することは憚(はばか)られ

る。さんざん心配させておいて、最後に担任は、

「万里子ちゃんをいじめないように友達をしっかり注意しますからどうぞご安心くださ い」

と言って帰って行った。

安心なんて出来るわけないだろう！　いったいあいつは何のためにわざわざやってきた？　親に文句を言われる前に先手を打ちに来たとしか思えない。

改めて万里子にじっくりと学校のことを聞く。なかなか本当のことを言おうとはしなかったが、やがて「万里ちゃん、お、お、おー友達とお、お、お話、しーたくない」とポロリと涙をこぼした。

俺自身は小学校の時は優等生で、自信に満ちて周りを見下し、将来に希望をもって過ごしていた。それが、今ではどうだ？　そりゃあ、人生は、「勝ち負け」ではないとは思っている。思ってはいるが、娘は小学一年生から既に「負け組」なのか？　クラスの友達を注意しても駄目なのだ。幾つになっても、どこに行っても次から次へと自分を消耗させる嫌な奴は必ずいる。そいつらに打ち勝てる強い心が必要なのだ。……でも、それは、自分自身に一番欠けているものでもある。俺は自嘲するしかなかった。娘が学校でいじめられていると認めなければならない屈辱、その原因を作ってしまったという後悔、何と

しても自分とは違う強い人間に育てなければならないという使命感……そんな様々な思いに囚われてその日は眠ることなどとても出来なかった。

家族で初めて宝塚歌劇を生で観たのは、万里子が小学校三年生の時である。義母が上京する際の「一度でいいから宝塚というものを観てみたい」という希望に付き合うことになったのだ。

俺は全然気が進まなかった。男が観に行くのは、かなり勇気が要る。第一、他に男の客がいるのか？　男性用のトイレはあるのか？

「女性陣だけでどうぞ。私は店番をしてますから」

と逃げようとしたのだが、

「万里ちゃんのために、康彦さんも一日くらいお休みを取って一緒に遊んであげな駄目やがね。日曜日も店や言うてどこにも連れて行ってあげないなんて駄目やわぁ。子どもが可愛かったらそのくらいやるもんやし」

と義母に言われ、ぐうの音も出なかった。万里子を持ち出されると従うしかない。いっそのこと満席でチケットが取れなければいいのに……。

紀子に「いったい何というお芝居を観に行くんだ」と聞くと『風と共に去りぬ』だと言

う。

「あの風と共に……か？」

思わず聞き返す。俺の最も好きな映画。アカデミー賞九部門受賞、名作中の名作『風と共に去りぬ』か？

「一緒に映画館に観に行ったの覚えてるだろ？」

「そりゃあ、もちろん覚えてるわよ。あの火事の中、馬車を駆るところのクラーク・ゲーブル、素敵だったわあ」

「そうだったよな。あんな素敵な男性いないって言ってたよな」

紀子はあなたの言いたいことはわかっているわよという表情でじっとこちらを見る。

「その素敵なレット・バトラーを今度は女が演じているのを観ることになる……」

「そうだよ。どう思う？　ダンディーの代名詞が台無しだと思わないか？」

『風と共に去りぬ』は二人の思い出の映画だ。観終わって紀子がクラーク・ゲーブルが素敵だ、素敵だと言い募るから、ちょっと気分を悪くしたのも今では良い思い出だ。それを……。

紀子はさばさばした表情で言う。

「いいじゃない。万里子の夏休みのお付き合いだと思えば。お子様ランチに期待したって仕方ないでしょ」

それはそうだ。その通りだ。しかし、どうしてよりによってレット・バトラーを女性が演らなければならないのだ？

人気の演目だというのに、紀子は連番で四席を確保した。どうも宝塚ファンの知り合いを頼ったらしい。

俺は知っている。宝塚ファンの彼女たちがチケットの発売日には喫茶店に集まり、ケータイを片手に手分けして、鬼気迫る表情でチケットの申し込みをしているのを……。いやはやすごいエネルギーだといつもあきれたり感心したりしていたのだ。ついにあの人たちのお世話になってしまった。

我慢しよう。万里子のお付き合いだ。店のせいでどこにも連れていけない情けない父親のせめてもの罪滅ぼしなんだ。女性の大群に埋もれて、学芸会みたいなものを観るたった一日の我慢。出来ないはずがない。

いよいよ当日。日比谷の東京宝塚劇場は多くのファンでごった返していた。会場に入るとすぐ大きなシャンデリアが目に入る。万里子は口をあんぐりと開けて見入っている。

赤い絨毯が敷き詰められている。レッドカーペットというやつだな……ただ英語にしただけか、と苦笑する。

オルゴールが流れていた。『すみれの花咲く頃』だ。そのくらいは俺でも知っているぞとなぜだか思い、また苦笑する。

いかんいかん、完全に雰囲気に呑まれてしまっている。

思っていたより男性客もいる。ちょっとほっとする。結構、年配の方も目につく。この人たちも宝塚ファンなのだろうか？　いや、奥さんや娘さんのお付き合い、家族サービスなんだろう、俺と同じように、と思い直す。

男性トイレはやはり空いている。反対に女性用のトイレは長蛇の列だった。紀子は母親と娘と自分の三人分の世話で大変そうだ。

俺はつい先日、高速道路のサービスエリアのトイレに入った時のことを思い出した。女性用が混んでいると、おばちゃんたちはゲラゲラ笑いながら平気で男性用トイレに入って来た。

「あー、女用はいっつも混んでてあかんわ」

「男用は空いてていいわあ」

「もう、私なんかいっつも男用。女用なんか入らん」

「そうや、あんたおばちゃん通り越しておっちゃんになっとるもんね」

「あんたに言われたくないわ！」

ガハハと笑いながら各々個室に入って行った。近くにいた男たちはなかなか用が足せず、唖然として見送るしかなかった。

今、劇場内でトイレの順番待ちをしている女性たちは、皆上品に行儀よく並んでいる。誰も声高になんか喋っていない。むしろ夢見るような表情で、自分だけの世界に入っている人の方が多い。順番待ちでイライラしている様子は微塵もない。

開演までに皆、席に着けるのだろうか？　万里子たちが間に合うか心配になってくる。手持ち無沙汰のままロビーをうろうろする。パンフレットがまさに飛ぶように売れている。手に入れた人たちはページを開いては、目を閉じ、うっとりする。また写真に見入って自分もにっこりと微笑む……を繰り返している。

ロビーの脇には、グッズを販売しているショップがある。『キャトルレーヴ』か……。男性は誰も入っていないので、ドア越しに中を覗き込む。ＤＶＤ、下敷き、ポスター、ブロマイド……皆、結構な数を買って大きな袋に入れてもらっている。大事そうに胸に抱えて出てくる姿が微笑ましい。

皆、精一杯のおしゃれをしている。我が家だって何を着て行けばよいか迷いに迷い、今朝まで大騒ぎだったのだ。紀子は結婚披露宴に呼ばれた時ぐらいしか出さないネックレスを身に着け、万里子もお出かけの時はこれ！　と決めているワンピースでめかし込み、俺だって久しぶりにネクタイを締めた。義母にいたってはわざわざ金沢から持ち込んだ留袖を着ている。

客席に入るとオーケストラが音合わせをしているのが聞こえた。ナマ音なんだ。全然お子様ランチじゃない。本格的だ。

キョロキョロしているうちに「皆様、本日はようこそ宝塚においでくださいました……」というアナウンスが流れ、幕が開いた。

衝撃的とはこのことだ。とくにレット・バトラーが素晴らしかった。男の色気がたっぷりで、ダンディズムを表現しようと細やかに指の先まで神経が配られている。登場した時は、「ふ〜ん、女性も髭をつけるんだ。意外に似合うな」と思っただけだったが、劇が進むにつれてどんどん惹き込まれていった。

強引で、バイタリティーがあって、無頼でいて繊細。スカーレットへの愛を素直に表すことの出来ないチャーミングな男を見事に演じている。女が演じるレット・バトラーなんて噴飯ものだと思っていた自分がいかに愚かで浅はかだったか。

だんだん陶然となってくる。現実にはいないような、レットみたいな男性を演じるのは、宝塚の男役じゃないと無理なのではないか……そんな気さえしてきた。

劇が終わった……と思ったら、巨大な階段が出て来た。電飾が光り輝き、あまりの豪華さに目を疑ってしまう。

『風と共に去りぬ』の芝居とは関係のないショーが始まった。不思議なほど違和感がない。客席全体があたたかい拍手や手拍子で一杯になる。

きらびやかな軍服と網タイツの衣裳でラインダンスが披露される。見事な揃い方。ヤッという掛け声とともに脚が上がると、その振動で客席が揺れる。

あっ?!　この曲は『ナイト&デイ』だ。俺の大好きなスタンダードナンバー！

レットが階段の上に現れ、歌い始める。一際大きな拍手。つられて俺も力一杯手を叩く。

舞台上に穴がポッカリ開いて、下からスカーレットがせり上がってきた。ピンスポットが彼女を射貫(いぬ)く。また大きな拍手。二人で踊り始める。

オーケストラピットの後ろの花道を通って、二人が目の前にやってくる。我が家の四人は大興奮だ。

俺たちの目の前で、レットがスカーレットに手を差し伸べる。スカーレットは、じらすようにちょんと指先で彼の手を弾(はじ)いた。なんとも優美な仕草(しぐさ)。レットに流し目を送る。

じらされたレットは、ふっと笑い、一瞬こちらを見た。隣で紀子がビクンと電流が走ったようになったのを俺は見逃さなかった。逆隣では、万里子と義母が揃って口をぽっかり開けている。

幕が降りると俺たちは同時にホーッと大きく息をついた。紀子と顔を見合わせる。素敵だったねと紀子が眼で語っている。俺は照れ笑いで応(こた)えた。

万里子はまだポカンと口を開けたままだ。

「万里ちゃん、どうだった？　きれいだったね」と聞くと、ようやく我に返り、

「ま、ま……万里ちゃんね、こ、こ、こっちの人ではなくてね、あ、あ、あっちの人になりたい！」

強い眼差しでじっとこちらを見ている。いつもは伏(ふ)し目がちなのにびっくりしてしまった。

そして、万里子が言っていることが、自分は客席で観るのではなくて宝塚の舞台に立ちたいということなのだと気が付くまでにちょっと時間がかかった。

義母は「そうや、万里ちゃん。あなたも宝塚に入ればいいわ。おばあちゃん、応援するわあ」と能天気(のうてんき)に口を挟み、「うん、万里ちゃん、タカラヅカに入る！」と元気一杯に返

事している。万里子、お前どこにそんな元気を隠していた……と思ってしまう。周囲に聞かれて笑われるのではないかと気が気ではない。いくら無邪気な子どもの言葉でも、あの華やかな人たちは別世界の人間だ。恐れ多い。恐れ多すぎる。さすがに紀子も現実的な意見を言うしかなかった。

「でも、万里ちゃん。宝塚の試験ってすっごい難しいのよ。ダンスも歌もお芝居も出来なくちゃ駄目なのよ」

「うん、絶対頑張る！」

鼻息も荒く万里子は答えた。万里子、本当にどうした？　普段とは全然違うぞ。

全員夢心地で家路につき、興奮して初の宝塚体験を語り合った。万里子と義母が話し疲れてようやく寝ると、夫婦水入らずで話し合った。

「万里子、妙に張り切っていたけど大丈夫かな？　受かるわけないだろうし、早目にあきらめろと言った方が傷つかないいんじゃないか？」

それを聞いて紀子は夜中にもかかわらずアハハと大笑いをした。

「あの子が初めて自分からやってみたいと言ったのよ。やりたいんだったら習わせましょうよ。私も小さい頃バレエとピアノ習いたかったのよ。ひょっとしたら吃音も治るかもしれないし……」

そうだな。紀子がバレエをやりたかったなんて初耳だったが、男の子が野球選手にあこがれるようなものか。まあ、すぐにあきらめるだろうし。今日観たスカーレットじゃないが、「明日は明日の日が昇る」だろう。

床に就いても紀子は饒舌だった。

「……フィナーレで出演者全員が大きな階段を降りてきたでしょう？　最後にレット・バトラーを演った人が、一人で階段の一番上に出て来て、パッと強いライトが当たったじゃない。その時、出演者全員が力いっぱい手を差し伸べて迎えたのよ。私、意地悪くオペラグラス使って隅々まで見ちゃったの。レット・バトラーの人だけに強いライトが当たっているから、お客さん、みんなそっちしか見ないじゃない？　だから、誰も見てないだろうって手を抜いている人もいるんじゃないかと思ったんだけど、そんな人一人もいないのよね。私、びっくりしちゃって。どんな端っこにいる人も全員真剣に迎えていたの。本当に端から端まで見たもの……みんな力一杯だった。何だかすごーく感動しちゃったな」

そうだった。レットだけではない。どの出演者もその一生懸命さが清々しかったのだ。

商店街の忘年会で行った商業演劇を思い出す。あれは何かダラケているような感じがしたな。座長の歌手がいかにもお手軽に演技し、物真似や流行りのギャグを使ってウケていたっけ。それに比べると宝塚は皆、全力プレイだった。そう思いながら、いつの間にか良い気持ちで寝入っていた。

次の日から万里子は一人で、宝塚に入るための「傾向と対策」を練り始めた。それは、我が子ながらあっぱれとしか言いようがない行動力だった。

まず、書店に行き、宝塚に関する本を小遣いで買ってきた。一人で本を買ったのはたぶん初めてのはずだ。

受験の資格や試験内容を調べあげている。

「ママ、た、宝塚に、入るためには、まず音楽学校に入らなければならないの」

びっくりする。宝塚はオーディションのようなものを受けて団員になるのだと思っていた。

万里子の本をどれどれと奪って、宝塚歌劇団の団員になるためには、必ず宝塚音楽学校を卒業しなければならないことを知った。どこか他の劇団からスカウトされたり、他の音楽大学のような所から転入したりは出来ない。そういえば、店の客が「東の東大、西の宝塚」というくらい入学が難しいと言っていたのを思い出した。

試験科目はバレエ、声楽、面接とある。

「ママ、宝塚に行くためには、バレエと歌を習わなければ、駄目みたい。だから、両方とじゃないと、だ、駄目だからね」

「ママ、バレエもね、たくさん合格者が出ているお教室があるから、そういうところも、な、習うことにする」

などと店に出ている紀子をつかまえては言っている。

宝塚の舞台の真似なのか、大きく息を吸ってまるで娘役さんのようにちょっと気どった台詞のような話し方をしている。吃音が目立たないような気がする。しかし……なぜママにばかり頼む？　パパに頼んでくれてもいいのに……。

だが、万里子の野性的な勘は鋭かった。紀子は情報を集め、中野にあるバレエスクールを選んだ。元タカラジェンヌが指導者で、毎年合格者を多数輩出しているところだそうだ。母親はやはり頼りになる。俺ではこうはいかない。

自宅のある板橋から池袋に出てさらに新宿、そこからまだバスに乗らなければならない。紀子が必ず付き添って通うことにした。ずいぶん前から店のことよりも何よりも万里子を優先させようと決めていたのだ。

俺は、受験要項の中の「資格　容姿端麗なこと」という項目がちょっと気になっていた。容姿端麗の基準はあるのか？　親の目から見ると十分可愛いのだが、そんなことどうやって決める？　万里子も鏡ばかり見るようになった。何かブツブツ呟いている。そっと聞き耳を立てると「ヨウシタンレイ、ヨウシタンレイ……」と呪文のように唱えていた。

万里子の本気に引きずられるように俺たちの応援にも熱がこもるようになっていた。

バレエと声楽が週三日。

小学三年生でそこまでやる必要があるかとも思う。だが、これほど本人が打ち込むのなら応援するのが親の務めだろう。また、夫婦で協力して、一家団欒（だんらん）の場を意識して作るようにした。以前は店の忙しさにかまけて、二人に先に食事をさせて、万里子が寝た後、遅い晩酌（ばんしゃく）をするのが常だった。今では、ゆっくりと万里子に一日の出来事を話させるために店の奥の和室にちゃぶ台を置いて、必ず三人で食事をすることにしている。

「あのね……」

「なあに？」

「美奈子（みなこ）お姉さんね、すごーくピルエット上手なんだよ。クルッ、クルッてこんなふうに……」

突然立ち上がって、箸を持ったまま習ったばかりのターンをやりはじめる。

「万里ちゃん、危ない」

「ほらほら、お箸持ったまま転ぶと危ないわよ」

と大騒ぎになる。

万里子は、あせって話そうとはしなくなった。いつの間にか吃音の癖は目立たなくなったような気もする。いや、むしろ、落ち着いて余裕のある受け答えをするようになってきたのではないか。

それはきっとスタジオで歳上の友人がたくさん出来たおかげだ。「お姉さん」たちの影響で急に大人びて、学校で同学年の子どもたちから、からかわれたり悪口を言われたりしても気にしなくなったのだと思う。

ある日、万里子の部屋にバレエのバーをつけてやろうと思い立った。自分でもどうしてなのかよくわからないが、ともかく何かやらなければいてもたってもいられないような気持ちになってしまったのだ。

近くの工務店に行き、ちょうど良い材木をバーらしく削ってもらう。自宅に運び込み、暇を見つけては壁に取り付けようと悪戦苦闘する。

もともと器用な方ではなく、日曜大工の類は苦手だ。しかし、絶対自分一人だけでやりたかった。ただの自己満足なのはわかっている。

紀子は「あなたはそういうの得意じゃないんだから棟梁にやってもらったら?」と言う。壁に無用な穴を開けたり、せっかく取り付けてもちょっと力を入れると無残に落ちたりしているのを見ていられなかったのだろう。しかし、あきらめたくなかった。配達が終わるとすぐに子ども部屋に行き、試行錯誤を繰り返す。

　ようやく、力を入れて引っ張っても、ぶら下がっても外れないバーを取り付けることに成功した。万里子は「パパ、ありがとう」と目を輝かせ、さっそくつかまってレッスンを始めた。これまでは高さ調節が出来るアイロン台をバー代わりにして練習していたのだ。

　さあ、家を稽古場にしたぞ。悔いのないようとことん練習しろ。このバーはずっと残しておく。絶対取り外さない。お前が力の限り打ち込んだ日々の記念にいつまでも取っておくぞ。


　万里子は六年生になると、今度は私立中学を受験したいと言い出した。

「万里子、私立の中学に行くためには、みんなもっとずっと前から塾に行って勉強しているんだよ。今からじゃちょっと遅いと思うよ。第一お稽古だけでも週三日行っているのに……宝塚はどうするの？」

　とあきれると、

「だから、宝塚受験を有利にするために私立に行くんだよ」

　と言う。宝塚音楽学校は中三修了時から高三修了時までの計四回しか受けられない。だから、宝塚を受験するためには、高校受験の勉強をしている暇なんかない。それで、中高一貫の私立に今年入ってしまおうというのだ。通っているバレエスタジオの先輩から仕入れた情報から導いた結論だそうだ。

返答に困る。子どもの本分(ほんぶん)は学校に行って勉強することではないか？　宝塚受験のために高校受験をしないという考えにはやはり抵抗がある。

「万里子、そんな簡単に言うけど、中学受験って難しいんだよ。みんな勉強頑張っている子ばかりだからね。そんな単純じゃないと思うよ」

「大丈夫。勉強しなくてもちゃんと入れるやさしいところもあるの。もう調べてある」

こちらは勉強には少し自信があるので教えようとすると、そんな暇があったらレッスンすると言う。「馬鹿なことを言うな」と怒るが、「学校の勉強はちゃんとしている。でも中学受験のための勉強は無駄。宝塚受験のためのレッスンの方が大事」と冷静に返される。筋は通っているような気がしてそれ以上は何も言えなかった。

まさか、全然勉強しなくても入れるところがあるとは思わなかった。が、万里子は宣言通り、受験勉強を一切せずに、私立中学に合格した。

受験前日もバレエのレッスンに行き、当日も試験が終わるとすぐに声楽のレッスンに行った。

極めつけは中学の合格発表も見に行かなかったのだ。

「落ちていたらどうしようか、なんて心配にならないのか？」

と問うと、

「ううん。落ちたらみんなと同じ区立の中学に行けばいいの。でも万里が行きたいのは宝塚だからそっちの方は心配」

うーん。我が子ながら、この強(したた)かさには恐れ入ってしまう。

小学校の卒業文集に万里子は、「将来、宝塚に入って、レット・バトラーをやるようなスターになりたい」と書いた。三年生の時に抱いた思いを今も継続しているのだ。

「オーッ、思いは変わらないんだね。えらいね」と褒(ほ)めると、

「みんな笑ったよ」ポツリと漏らした。

「お前みたいな、何もしゃべらない奴がスターになんかなれるはずがないって」

どう応えていいか迷っていると、

「言われたままにしておくわけにはいかないね。見返してやらないとね」とにっこり笑った。

学校で何を言われても、私にはレッスンがある。宝塚受験がある。一緒に目標に向かっ

て努力している友達がいる。……そういう気持ちが万里子を強い子に育ててくれている。

東京宝塚劇場に行く機会も増えた。たいてい万里子の付き添いは紀子だったが、時々あえて役目を譲ってくれるのだ。俺も今ではすっかり宝塚の舞台が好きになり、娘のお付き合いというよりは観劇自体が楽しみになってきていた。とくに二幕の煌びやかなショーが好きだ。この世の憂さを全て忘れてしまえるような、笑っちゃうくらいのゴージャスさにすっかりはまってしまっていた。贔屓の娘役さんも出来た。いい年をしてちょっと恥ずかしい気がする。

トップスターにあこがれている万里子が、

「パパは誰が好きなの？」

と聞くが、

「別にいないよ。宝塚自体が好き」

とごまかしてしまう。だけど、実はずっとオペラグラスで彼女のことを追っている。大勢の群舞の中に交じっていても彼女はすぐに見つける自信がある。そのくらい彼女は俺の中で光り輝いている……。

「パパ、オペラグラスで誰、追ってるの？」

「……いや、大道具の仕掛けがどうなってるのかと思ってね……」

「……ふ～ん」

贔屓の娘役を追ってるなんて……娘にそんなカミングアウト出来るはずがない。

ラインダンスが終わり、電飾煌めく大階段が降りてくると「ああ、もうすぐ終わってしまう」と寂しくなってしまう。


以前、隣に座っていた年配の男性が話しかけてきたことがある。

「お嬢さんは宝塚が好きなのかな？」

「ハイ。大好きです」

「将来、宝塚、目指してるの？」

「ハイ。入りたいです」

「もうお稽古しているの？」

「ハイ。バレエと声楽を習っています」

「そう。頑張ってね……実はおじさんの娘はもう宝塚に入っていてね、今日もこれから出てくるんだよ」

……そうか！　それが言いたかったのか。苦笑してしまう。しかし、相手は委細（いさい）かまわず、「そうなんだよ。ほら、この娘なんですけどね」とプログラムの後ろの方に載った小さな写真を指さす。

「娘役さんなんですね」と俺が相槌を打つと、嬉しそうに「そうなんですよ。えっと三場では、下手側の右から三番目に立っています」と手帳を一枚ちぎって図を描きながら娘さんの立ち位置を教えてくれる。

「ショーでは、この辺りにいます。こんな衣裳を着ています」

イラストまで描いてくれる。もし、万里子が宝塚に合格したら……自分もこんなふうになるのだろうか。

「あの……お嬢さんは、いつ頃から受験準備始めたんですか?」

「小学校の時からバレエはやらせました。受験出来る年になってからは週四日通わせましたよ」

「四日ですか……それは大変でしたねえ」

「ええ、正直大変でした。でもこうやって娘の晴れ姿を見ることが出来る。幸せですよ。お嬢さんも頑張ってね」

「はい。ありがとうございます」

初対面の方ともすっかり盛り上がってしまう。

今では万里子は知らない人に声をかけられても、しっかりとした受け答えが出来るようになった。

受験科目には面接もある。「魅力的な受け答え」が出来るかどうかが審査のポイントである。万里子は普段から努めて「魅力的」に話すよう心がけている。吃音に悩んでいた時分には、想像すら出来なかった「魅力的な話し方」。相手の目を見て、はっきりと自信に満ちた笑顔で話している娘の姿に、親である俺だって眩しいと感じることがある。

観劇後は万里子と二人で食事をし、今日の舞台の感想をおしゃべりする。中学生の娘とのデート。中学生くらいの女の子なんて父親のことを汚いだの臭いだのと言って避ける年頃だということは俺だって知っている。でも、宝塚のおかげでうちは娘と距離なんかない。嬉しくて嬉しくて俺もネクタイを締め、娘が見立ててくれたジャケットを羽織(はお)って、はりきって日比谷に出かける。

「パパ、カラオケに行こう」

デートの終わりには万里子は必ずそう言う。カラオケルームに入るや否やまっさきに『宝塚メドレー』を入力する。熱唱する娘に俺は思わず目を細めてしまう。

宝塚受験は難関中の難関であるということは頭ではわかっていたが、これはやはり生半(なまはん)

可なことでは受からないぞと受験が近付くにつれますます思うようになってきた。

レッスンの送り迎えの時には、どうしても稽古場を覗いてしまう。中に入って見学することは禁止されているので廊下に出ているパイプ椅子に座って、中の様子をちらちらと窺うことになる。壁にはこのスタジオ出身のタカラジェンヌたちのサイン入りポスター。入り口の看板には大きく『宝塚受験クラス』とある。これまで百五十人以上ジェンヌを輩出しているそうだ。ずいぶん多いという気がするが、三十六年間の累計だから、単純計算すると毎年四～五人というところか……。

突然の大声にビクッとする。また、スタジオの中をそうっと覗いてみる。

姿勢の矯正のためなのだろう。背中に棒を渡し、たすきがけにしてピルエットの練習をしている子がいる。先生の檄が飛ぶ。

「ほら、また軸がぶれている！　意識を高く、高く……重心を上に！　……ああ、全然駄目だぁ！」

俺の世代的には、『大リーグボール養成ギプス』をつけた星飛雄馬に見える。もはや死語となった「スパルタ」という言葉ほど、この光景にふさわしいものはない。

皆、ひっつめの髪型。どの子も姿勢がよい。素人目にはどの子も上手で、どこが悪いのかわからないが、特定の子ばかり叱られているように見える。

万里子に聞くと、

「あのお姉さんは、今年が最後のチャンスなんだよ」とのことだ。

最後のチャンス……中三から高三までのわずか四回のチャンス……これを逃すと、もう宝塚の舞台に立つことは叶わなくなる。最後のチャンスに賭ける我が子のことを親はどのように思っているだろうか。駄目だったら別の道に進めばよいとでも思っているだろうか。我が子がこんなに頑張っている姿を見て、願いが叶うことを祈らない親などいないだろう。我が家だって同じだ。

注意されていた子は、わずかの休憩の時間も利用してたすきがけのまま鏡の前でピルエットの練習をしていた。

今度は別の子が叱責されている。

「笑顔で、笑顔で！　笑って！　……全然笑ってない！」

休憩になると床にひっくりかえってタオルで顔を覆っている。

万里子はどうなのだろう？　近い将来、あのような姿になるのだろうか。タオルをかぶって隅っこで万里子も悔し涙にくれるのだろうか。俺は万里子のそんな姿を平気で見ていることなんて出来ないよ。

わずかの休憩が終わり、すぐに練習が再開される。

「泣いたって上手くならないよ。泣いて上手になるんだったらそんな楽なことはない！」

先生はやはり容赦ない。

固唾を呑み見守っていると隣に誰かがスッと立った。

振り向くと目深にキャップをかぶり、サングラスとマスクをした女性がいる。

「今、入れるかなあ。もうちょっと待った方がいいかなあ」とぶつぶつ独り言を言って、俺が見つめているのに気付き、ペコリと頭を下げた。反射的に俺がお辞儀を返したのをきっかけに、彼女はドアを開けて中に入って行った。

キャップとサングラスとマスクをはずす。

見事な金髪が現れた。

「サンバ！」

気付いた先生が大きな声を出す。

サンバと呼ばれた女性は、深々と頭を下げ、「お久しぶりです」と挨拶した。

「えーっ？　サンバさん！」と皆レッスンを中断し、キャーと叫びながら駆け寄っていく。

「皆さんに紹介します。当スタジオの卒業生で、宝塚歌劇団……」

「知ってますよ。サンバさん！」

今まで泣いていた子が大声をあげたので皆、笑い声をあげた。

「せっかくの機会だから、いろいろ先輩に聞いてみたら？」

先生に促(うなが)され、全員がハイッと手を挙(あ)げる。物怖(ものお)じする子は誰もいない。

「どうやったら合格出来るのですか？　合格のポイントは何ですか？　教えてください。お願いします」

たすきがけの子が質問する。

「これは、また直球ストレートな質問やねえ」

サンバさんはカラカラと笑ったが、すぐに真顔になり、

「……ともかく一生懸命練習するしかありません。宝塚は物事に一生懸命打ち込む人しか合格出来ないんです。入ってみてそのことだけはわかりました。私も練習中にいっぱい泣きました。自分が出来ないのが悔しくて、情けなくて、でも歯をくいしばって頑張りぬきました。そのことが試験で出るんです。どれだけ涙を流しながらも努力してきたか……そのことがちゃんと審査する先生方にはわかるんです。最後まであきらめずに頑張った人しか入れません。でも、音楽学校は……宝塚は、それだけの価値があるところです。どうぞ、皆さんお待ちしています。ぜひとも頑張って合格してください」

どの子もタオルを目にあてながら聞いている。

初めは、スタジオ宣伝のためのパフォーマンスだなと冷めた目で見ていたのに、すっかり俺も目頭が熱くなってしまい、慌ててドアから離れた。

万里子は中学三年生になった。いよいよ宝塚音楽学校の受験資格を手に入れたことになる。

レッスンは週五日に増えた。放課後の四〜五時間、バレエ、声楽、演技の指導を受けて、深夜に帰ってくる。くたくたに疲れているだろうに決して弱音は吐かない。

レッスン以外何も欲しがらない。たまに「洋服でも買ってあげようか」と言うと「そのお金を個人レッスンに回してほしい」と頼まれる始末。そうまでして宝塚に入りたいか……。胸が一杯になる。試験までに先に親の方がまいってしまいそうだ。まだまだ先のことと思っていたが、あっと言う間に季節は巡ってくる。コートが必要な季節。

宝塚受験組に対する模擬(もぎ)試験がスタジオで行われる。

朝から万里子は鏡の前でポマードをべったりつけて、リーゼントヘアーにするために格闘している。いつの間にかずいぶん背が伸びた。先日、もう一六五センチを超したと喜んでいた。男役は身長が必要なので、受験を決めてから学校の給食の他に、牛乳を必ず一日一本は飲んできた成果だろうか。

我が娘が髪型をリーゼントにするのは父親としてはちょっと複雑である。自分だってしたことがない。リーゼントならまだいい。髭だってつけるかもしれない……。

ハッと現実に戻る。今日受けるのはただの模擬試験だった。

本番で万里子が臨むのは、千名近くが受験し、最終的には四十名程度しか受からない狭き門。しかし、小学三年生からこれ一筋に打ち込んできたのだ。努力は必ず報われる。受からないはずがない……。

万里子のレッスン熱に引きずられるように、いつしか俺も仕事に打ち込むようになっていた。店番に御用聞き、配達。日本酒やワインの講習会にも意欲的に参加し、自分が美味いと思ったものを仕入れ、客に薦めるようになった。商店街の組合の役員も引き受け、互助会の青年部との付き合いもするようになった。売り上げは伸びたが、万里子のレッスンのための出費がかさむのでトントンといったところか……。

商店街の知り合いに、「最近、荒木屋さん変わったねえ」とよく言われる。

「へー、どんなふうに変わりましたか？」

「なんか仕事を一生懸命やるようになった」

「えー、そりゃあひどいな。まるで前は一生懸命やってなかったみたいじゃないですか」

「う〜ん、そうは言ってないけど、なんかね、前よりはりきって仕事している感じがするよ。仕事にかける意気込みが違うというかね」とニコニコされる。

「はい、娘が私立の学校行ってますでしょ。コツコツ稼がないとやっていけないんですよ」とこちらも笑って応えている。

筋肉もつき、一升瓶が六本入ったケースの上に、ロング缶のビールの段ボール箱を二つ載せて運べるようになった。以前は腰痛が怖くて一度にこんなに多くは運ばなかったのだが、最近は体を痛める気がしない。むしろ、時間短縮の方が大切だと思えるようになった。


模擬試験も終わり、いよいよ一次試験の朝が来た。万里子は鏡の前でリーゼントを作っている。いよいよだ。祈るような気持ちで後ろから見つめる。緊張しているせいなのか思ったような髪型にならずイライラしている。

突然、「もう！　パパ見ないでよ。余計うまく出来ないいじゃない」とヒステリックな声をあげた。神経を逆なでしないように、ごめん、ごめんと引き下がる。

「ほら、ママに貸してごらん」

飛んできた紀子がドライヤーを取り上げ、モーター音を響かせる。

「大丈夫、万里子は強い。きっと合格する。落ち着いて普段の力を出せば大丈夫……」

万里子の険しい顔が泣き笑いの顔に変わっていく。こんな時、母親はいいな……と思う。父親は、こんな時娘に何もしてやれない。うろうろと店と居間を往復するだけだ。

しばらくして活力漲る顔を蘇らせて万里子が玄関に現れた。

「パパ、さっきはゴメン。もう大丈夫。精一杯やってくるから……行ってきます」

「おお、頑張れ」

にっこり笑って送り出すことが出来た。何か言ってくれたのだろう。やっぱり紀子は……母親は頼りになる。


一次試験の合格発表はわざわざ見に行くのではなく、合格者だけに電報が届くという仕組みになっている。

発表の日。朝から家中が落ち着かない。店の自動ドアが作動するたびに奥から万里子が飛び出してくるが、客だとわかるとがっかりした表情を浮かべ、また奥に下がっていく。

「何だよ、万里子ちゃん。俺の顔見て露骨にガッカリしないでよ」

常連さんが文句を言っているが、それどころではない。

「郵便屋さんが来たらすぐ呼んであげるから」と言っている紀子も自動ドアが開くたびにレジカウンターから立ち上がって入り口を窺っている。

俺も配達をしながら電報が届いたかどうか気になって仕方がない。店に戻って紀子の表情を窺う。黙って首を横に振る。

「駄目だったのか?」

「ううん、まだわからないの。駄目なら駄目で、不合格通知というのが来るといいのにね。午前十一時まで待って、それまでに来なかったら駄目というのがどうもねえ」

そうこうしているうちに、同じスタジオに通い、万里子と一緒に受験したアイコちゃんから電話がかかってきた。

「もしもし、ああアイコちゃん。……わあ、おめでとう。よかったねえ……ううん、まだ来ていない。……うん、ありがとう、もう少し待ってみる。うんうん、もちろん来たらすぐ連絡するね。うん、ありがとう。おめでとう」

「アイコちゃん、合格電報来たって」

ことさらさりげない口調で報告する。アイコちゃんのところに来たのなら我が家にももう来ているはずだ。それが来ないとなると今年は駄目だったということだろう。何と言ってなぐさめようか。

その時、「電報お届けにまいりました」と郵便屋さんが店に入ってきた。裸足で飛び出す万里子を幼稚園の時以来、久しぶりに見た。

電報を手に派手なガッツポーズを決め、走って見せに来る。

確かに〈東京第一次試験合格を通知します〉の文字がある。

すぐアイコちゃんに電話をする。

「私も電報来たよー！」

二人で喜び合っているのが聞こえる。

不思議な気がする。どうしてライバル同士で喜び合えるのか。俺は大学受験の時、ライバルを牽制することしか考えていなかった。表面上は仲良くしていたが、テレビの話題で相手がどれだけ勉強しているか探りを入れたり、「俺、全然勉強してない」と油断させようとしたり、そんなことばかりしていたような気がする。万里子もアイコちゃんも幼すぎて現実の厳しさをよくわかっていないのかもしれない。

電話が終わると稽古バッグの用意をし始めたので、

「おいおい、今日はお祝いしよう。店を早めに閉めて、久しぶりに外食でもしようよ」

「パパ、何言ってんの。まだ一次に受かっただけ。大変なのはここからだよ。今日から二次に進めた子だけで特訓のクラスが始まるんだよ」

そう言い放ち、大急ぎで出て行った。

ハーッとため息をついてしまう。まあまあと紀子が慰めてくれた。

同じバレエスタジオから一次試験を通ったのは、万里子、アイコちゃんを含めて四人だった。四十人受験したのが、この時点で一割になったことになる。今年が最後のチャンスだった受験生も駄目だったそうだ。これまでに一次審査は通ったことはあったのに、最後は二次に進めなかった。同じ中三のミユキちゃんも駄目だったそうだ。可哀想だが仕方がない。実力だけが物を言う厳しい世界だとつくづく思う。

スタジオでは、一次試験合格者だけの特訓コースが始まった。二次試験まで、あと二か月。

二次試験は本拠地、兵庫県の宝塚で行われる。さっそく先生が、宝塚ホテルに合格した生徒の予約を入れた。先生自身も宝塚に宿泊して最後の最後まで指導を続けるという。

「万里子ちゃんは何名分部屋を取りますか?」

スタジオから電話がかかってくる。紀子を付き添わせるためにツインをお願いした。

試験前夜、紀子から電話が入る。

「もうね、ホテルのロビーにも周りにも、ひっつめの髪をした、いかにも宝塚受験生ですっていうような子ばかりなのよ。すごい人数……」

紀子の声がうわずっている。お前があがってどうする。

「今更、そんなこと言っても始まらないだろ。万里子のこれまでの努力、小学校三年生から七年も必死にやってきたんだから、きっと報われるよ。不安な顔なんか見せちゃ駄目だぞ。絶対合格するって顔してなきゃ。本人に不安がうつるぞ」

「わかった。そうする。でも、本人は自信満々なのよねえ。こっちが心配するくらい」

「本人が落ち着いているんなら大丈夫じゃないか。紀子、大変だろうけどよろしく頼むよ」

そう言って電話を切る。俺だって本当は気が気でない。親の方がずっと緊張している。

三月二十二日。試験当日。実技の試験。

曲に合わせて自由に踊る課題は「ぶっちゃけて踊れたよ」……本人の言葉を借りればそうなる。思い切ってやれたということだろう。

翌日は最終面接。あがらずに落ち着いてハキハキと受け答えが出来たと電話では弾んだ声を出していた。

これはひょっとしてひょっとしたらタカラジェンヌの誕生か？

浮き足立つ自分が抑えきれない。

店の客に「おかみさんや万里子ちゃんの姿見えないね。どうした？」などと聞かれると、ここぞとばかり、

「いえね、宝塚の二次試験に行ってましてね。一次試験もすごい倍率だったからこりゃ駄目だって思ったんですけど、どういうわけだか受かっちゃいましてね……。でも二次はもっと厳しいからたぶん駄目でしょうけどね」などと言わなくてもいいことまで喋ってしまう。客は「オーッ、すごいね。受かるといいね」などと言ってくれるが、どこまでその『すごさ』をわかってくれているかというと、大してわかっていないようで、何ともいえず残念なような腹立たしいような変な気持ちになってしまう。

二日後、発表された合格者の中に、万里子の番号はなかった。

紀子からのメールはただ「×」のみ。やはりそんなに甘いものではなかった。力が抜けてしまう。何もする気がしない。「アイコちゃんは？」と返信する。また「×」と返ってくる。本当はこんなことは思ってはいけないことなのだろうが、それでもどうしても思ってしまう。アイコちゃんだけが受からなくてよかった。もし、そうなっていたら万里子にかける言葉がなかった。

万里子とアイコちゃんは、受験を機に急速に仲が良くなった。

発表後に一緒に撮ったプリクラシールが万里子の勉強机に貼ってある。『二人そろってタカラヅカ合格』の文字が眩しい。すぐに気持ちを切り替え、前を向いて歩き始めた二人。自分ならショックで茫然自失になったり自棄を起こしたりしそうだが……。そう万里子に言うと「男役は凛々しい性格にならなきゃダメなんだよ。過去を振り返ってイジイジめそめそするのって男らしくないでしょ」と笑われた。

パパはいつも後悔の連続だぞ。ああすればよかった、こうすればよかったっていっつも昔のことばかり振り返っているぞ。男の本当の姿ってこんなものかもしれないよ……心の中でそう呟く。

アイコちゃんはこのところ、我が家にもよく遊びに来る。目白の大きな医院のお嬢さんでお行儀も良い。それこそお人形のように可愛らしい娘さんだ。お菓子を出すと「わー、美味しそう！」と嫌みなく喜んでくれる。「お家ではもっと良いものをたくさん食べているだろうから、別に珍しくもないだろうに」と紀子も可愛くて仕方がないようだ。ボーイッシュで背の高い万里子と並ぶとまるで兄と妹のように見える。

アイコちゃんは受験科目の『新曲視唱』があまり得意ではないようだ。万里子が特訓している。初めて見る楽譜を階名で「ド・ミ・ソ・ド……」と歌わせている。素人にはよくわからないが「ほら、ここが違うよ」と直してやっているのでまずいところがあるのだろう。万里子が言うには「アイコちゃんは自信がないだけ。本当は合格ラインに達している。ミユキちゃんよりずっとよく出来る」とのことだが……。

高一修了。二度目の音楽学校受験。今回は一次試験も通らなかった。昨年と同様、アイコちゃんから電話がかかってきて「わあ、おめでとう。よかったねえ。……うん、まだ来ていない。うん、うん、そうだよね。去年も私のところには遅かったから。うん、もう少し待ってみる」と返事をしていた。

十一時になっても今年はとうとう電報は来なかった。

俺は心底がっかりし、同時に猛烈に腹も立ってきた。

「どうして教えてやった方が不合格で、教えてもらった方が合格するんだよ。大体、万里子は人が良すぎる。ライバルなんだから蹴落とすぐらいの気持ちがないと……」

「……パパ、そういう考えはサモシイよ。人を羨んだり妬んだり、不合格を願ったりするような考えの人は絶対合格出来ないって先生もおっしゃってた。私もそう思う。今までいろんな先輩を見てきたから間違いない」

サモシイ？　真っ直ぐに見つめられて思わずたじろいだが、そう簡単には納得出来ない。先生は立場上そう言うかもしれないが、現実の世の中はそんなもんじゃない。お人よしは馬鹿をみるだけだ。自分がそうだったからよくわかる。

「でも、万里子はつらくないのか？　友達だけ受かって自分が落ちたら……悔しくないのか？」

「落ちるのは悔しいけど、アイコちゃんが合格するのは嬉しいよ……それにまだ終わったわけじゃないしね。また来年がある」

　そう言ってプイと自分の部屋に籠(こも)ってしまった。食事にも降りてこない。

　荒木家には切ない夜だった。


　アイコちゃんは、万里子の応援もむなしく、二次試験を突破することが出来なかった。もう一歩のところで手が届かなかった悔しさは、万里子とはまた違ったものだろう。驚いたことに、ノーマークだったミユキちゃんが合格した。去年は一次試験も合格しなかったのに……。何が何だかよくわからない。一年でよほど精進(しょうじん)したのだと思うしかないのだが、万里子やアイコちゃんだって昨年にもまして努力したのだ。合格のコツを会得(えとく)したのなら二人に教えてやってほしい。万里子もアイコちゃんもミユキちゃんの合格を自分のことのように喜んでいたが、俺にはどうして喜べるのか全然理解出来ない。

また月日は巡り、高二が修了した。三度目の受験である。万里子は今年も一次で落ちた。アイコちゃんは一次通過。今度こそと思って努力してきたのに……と、さすがにショックは隠せない。一次試験を通った最初の年がまぐれで、実力的にもう限界なのか。これまでずいぶんとレッスン代もかかった。

「もうやめる」ついに万里子がそう呟いた。

「私は一次だって通らない。中三の時はきっとまぐれだったんだ……パパ、人間どんなに努力しても叶えられない夢ってあるんだね」

「そんなことない。努力すれば必ず夢は叶うよ」

そう言うしかなかった。

「嘘つき！　かな先輩だって、ゆみ先輩だってあんなに頑張ったのに受からなかったじゃない。駄目なものは駄目なんだよ！」

その言葉を聞いてどういうわけだか急に自分でもびっくりするくらいの怒りが込み上げてきた。じゃあ、俺もお前も駄目な奴なのか？

「だったら、万里子はしっぽ巻いて逃げ出すか？　ここまでパパもママも一緒に頑張ってきたのに途中で放り出すのか？」

一体、自分は何に対して怒っているんだ？　あこがれだったネクタイを締めて会社に通う生活はあきらめた。だけど、親から受け継いだ酒屋を必死になって大きくしてきた。俺達は、駄目な奴じゃない……と信じたい。確かに、駄目だった時もあったかもしれないが、それでも這い上がって今があると信じたい。娘を私学に入れ、宝塚受験のために、よそのお嬢様たちに負けないように必死になって稼いできたんじゃないか。いつの間にか娘の夢が自分の夢にもなっていた。

　だが、しかし……とも思う。急速に熱が冷めてくる。やはりここらが潮時なのか。完全にとどめをさされる前にやめさせて、娘に絶望させない方がよいのかもしれない。大学受験も今だったらまだ間に合う。宝塚の試験は時期が遅い。合格発表は三月の末だ。それで駄目だったらもうどこにも行き場がない。分不相応な夢から、一家揃ってそろそろ覚めた方がいいのかもしれない……。

　二人とも下を向いたままじっと黙るしかなかった。これ以上口を開いたら言ってはいけないことを言ってしまいそうだ。

　それまで黙って聞いていた紀子が初めて口を開いた。

「あと、一年じゃない。泣いても笑っても、今やめたら絶対後悔するよ。それで駄目だったら仕方ないじゃない。ママは、万里子が宝塚受験のおかげで、話し方が治って、学校で嫌なことがあっても全然気にしなくなって、他の人の気持ちもわかる強くてやさしいお姉さんに成長した、それだけで満足なんだけど……結果なんてどうでもいいから、最後まであきらめずに頑張ってみたら……」

　正座していた万里子が放心したようにお尻をペタンと畳につけた。そして、天井を見上げたかと思うと、大声をあげて泣き出した。あんなに大きな口を開けて号泣する娘の姿を俺は初めて見た。紀子が万里子を抱きしめて二人で号泣する。俺はどうしてよいかわからず二人から少し離れて目を拭（ぬぐ）うだけだった。びっくりするくらい強気一辺倒（いっぺんとう）で準備し、自らを鍛えていた万里子も、やはり子どもだったんだなと思う。

　三人で泣いた晩、万里子は最後にこう言った。

「ここまで頑張ってきたのだから……絶対、合格したい。だけど、人間叶わないこともあると思う。だって、私よりダンスがうまくて歌もうまくて、とてもきれいな先輩でも合格出来なかった人もたくさんいるんだよ。パパは夢は絶対叶うって言ったけど、叶わない夢だってきっとあるんだよ。……でもね、どうせなら最後までやりきって宝塚に運命を決めてもらおうと思う。やるだけやってそれで駄目なら仕方がないよ。最後の一年に賭けてみる……」

アイコちゃんは今回も二次で駄目だった。ほっとしてしまう俺はひどい人間だ。でも、万里子だけが駄目だったら可哀想過ぎると、親としてはやはり思ってしまう。出来れば……二人揃って合格してほしい。

高三修了。最後のチャンス。一次試験は通過した。久しぶりの、待ちに待った二回目の通過である。

アイコちゃんは、今年も通過。さすがだ。

「泣いても笑ってもこれが最後だからね」と喜び合い、励まし合いながら二次試験に備える。

「やっぱり万里子ちゃんと一緒に二次向け特訓受けるのって心強いな」

アイコちゃんが言えば、

「ひょっとして、私のこと、待っててくれた？」

万里子がいたずらっぽい表情で探りを入れる。

「そうだよ」

アイコちゃんが応えて二人で笑い転げている。

二人とも甘いものにはずいぶん前から一切手を出さなくなった。アイコちゃんが家に遊びに来ても、もうおやつは出せない。申し分ないくらい二人とも細身なのに。

太い脚をさらけ出し、下着が見えてしまうような短いスカートで街を歩いている女子高生を苦々しい思いで眺めることがある。それに比べたら二人の脚の細さはどうだ。それでいて固く引き締まっている筋肉。尋常ではない。それなのにまだストイックに食べるものに気を遣っている。

「皆さんは成長期なのですから、ちょっと油断しただけで体型が変わってしまいます。スタイルも重要な審査のポイントなのですからね。プロポーションを保つことも大事なお稽古なのです」

先生に言われたそうだ。だがわかっていてもなかなか守れるものではない。

本当に二人とも合格してほしい。心からそう思う。神様お願いします。二人揃って合格させてください。


二次の発表の日。もう自宅で待っていることなど出来なかった。朝一番の新幹線に飛び乗り、梅田で阪急電車に乗り換え、俺は初めて宝塚にやってきた。娘が小学校三年生からあこがれてきた聖地である。

宝塚ホテルで二人と合流し、発表会場に向かう。これが噂の『花のみち』か。

武庫川（むこがわ）に沿って、花屋さんや宝塚グッズを売る店が並んでいる。川面がキラキラと煌めいているが、万里子もアイコちゃんもわき目もふらず歩いて行く。ついていくのがやっとだ。

もう四月も間近だというのに、風が身を切るように冷たい。東京とは違って空気が澄み切っている。

宝塚大橋を渡る時、吹いてくる風に身を縮める。コートなんかいらないだろうと思って春物で来てしまったことを後悔する。

二人だけではない。背筋を伸ばした姿勢の良い娘たちが皆一様に髪をひっつめ、白いコートを羽織り、口を真一文字（まいちもんじ）に結び、足早に発表会場に向かっている。オレンジ色のとんがり屋根の宝塚大劇場はもう目の前だ。

午前十一時。発表の時刻。校門の前には大勢の人が集まり、今や遅しと発表を待ち構えていた。テレビカメラや大勢の報道関係者の姿がある。

高架を阪急電車が幾度も通り過ぎる。

今年は桜が咲くのが遅い。まだ蕾（つぼみ）はかたいままのように見える。

グレーの制服を着た一団が整列して入ってきた。合格発表役の音楽学校の生徒たち。テレビで何度見たことか。

凜とした声が響く。

「大変お待たせしました。ただいまから宝塚音楽学校入学試験の合格者を発表いたします」

二つ折りにされた大きな掲示板が開く。皆一斉に近寄り、自分の受験番号を探す。万里子の番号……4038は……4038……4038……。

あった！

すぐには信じられない。

あちこちで歓声が上がる。

万里子にアイコちゃんが飛びついていく。

「おめでとう！」

しかし、その下、4039がない。アイコちゃんの番号はない。

愛くるしく、いつも笑顔で頑張り屋のアイコちゃん。

宝塚の娘役さんにこれほどふさわしい子はいないと思っていたのに……。毎年、二次試験まで進んでいたのに……。とうとう望みが絶たれてしまった。

万里子は自分の合格の喜びよりもアイコちゃんが駄目だったことで、どうしたらよいかわからなくなっている。

「万里ちゃん、おめでとう、本当におめでとう。……私の分も頑張ってね」

「うん、うん。ありがとう。私、頑張るから、絶対頑張るから……」

あとは、二人でただ抱き合って泣きじゃくっているだけだ。

紀子も傍でおろおろしている。

アイコちゃん、アイコちゃん……どうしてあなたは、自分が駄目だったのに人の成功をそんなに祝福出来るんだ？

どうして私が合格出来なかったの？　あなただけ合格なんて悔しいって喚けばいいじゃないか。なのに……。

涙が溢れてくる……。どうして二人揃って合格させてくれなかったのか……。

「あそこで泣いているお父さんがいる！」

「タカラジェンヌの父、誕生の瞬間！」

「コメントいただけ！」

絶好のターゲットを見つけ、テレビカメラが何台も寄ってくる。リポーターたちにマイクをつきつけられ、たじろぐ。

「娘さんが合格されたんですか？　今、どんなお気持ちですか？　嬉しいですか？」

矢継ぎ早に質問される。

……違うんです、違うんです。ええ、うちの子は合格しました。でも不合格だったお友達もいるんです。どちらも本当によく頑張りました。ええ、そうです。みんな頑張ったんです。ええ、嬉しいに決まってるじゃないですか。でも、何よりも嬉しいのはお互いの健闘を讃（たた）えあうことの出来る娘に育ったことです。また、そういう友達に出会えたことなんです。そして、娘たちをそのように立派に育ててくれた先生方に出会えたことです。それが何よりも嬉しいんです……。

しかし、それはとても言葉にすることは出来なかった。

「違うんです。違うんです。映さないでください……」

ただそう言いながら俺はテレビクルーに背を向け、全速力でその場から走り去った。

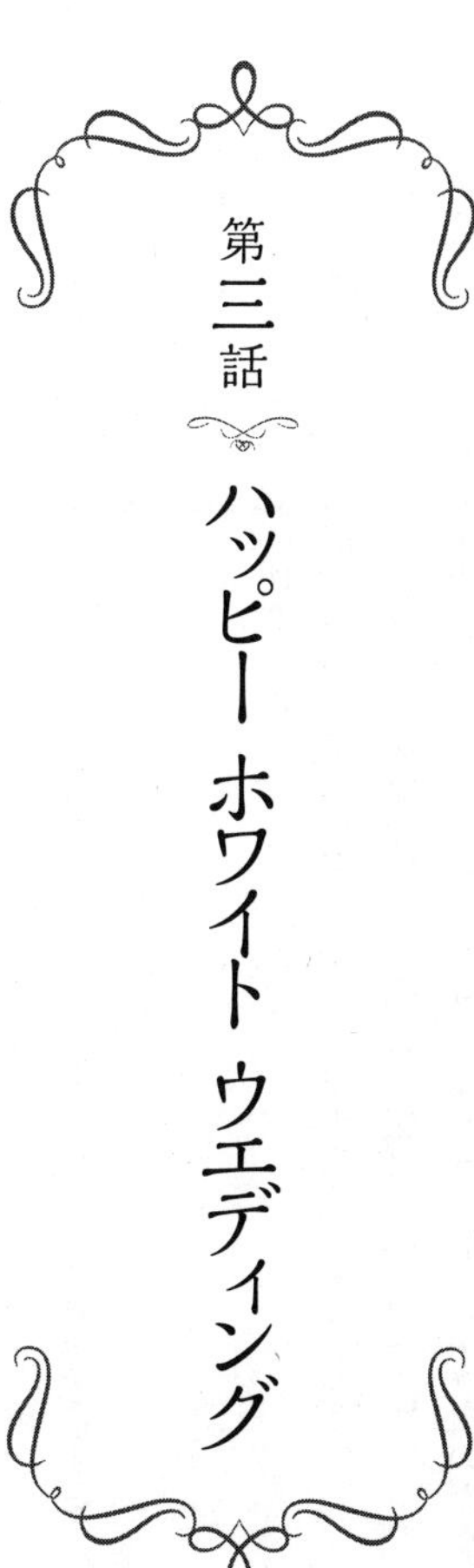

第三話

ハッピー ホワイト ウエディング

宝塚ＩＣを降りて、迷った末に石川裕一はやはり婚約者の百合子に電話をすることにした。

コールした途端「今、どこ?」と険がある声が返って来てちょっとむっとする。

「鈴鹿。ツーリングしてる」

つい嘘をついてしまった。

「ツーリング?　また、妹の所じゃないでしょうね?」

「違うって。鈴鹿だよ。二泊ぐらいしてから帰るから。お土産楽しみにして」

「へ～、せっかくのゴールデンウィークなのに私と過ごす気はないんだ?」

「だって百合ちゃんバイク興味ないじゃん?　あ、みんなもう出発するみたいだから切るわ。帰ったらすぐそっち行くから」

慌てて切ってポケットにしまう。この後、きっとメール攻勢が始まるだろうが、当分無視することにする。

これから妹、美雪とその友達に自慢の手料理をふるまいに行く。

いくら婚約者でもこの楽しみは止められない。

後部座席にくくりつけた中華鍋、包丁、自家製調味料を確認してエンジンをかけた。

高速を降りて、途中で食材を調達する。このスーパーの食材は高級なので普段だったら手が出ないのだけれど、今日は特別である。何といったって、これから美雪の新居祝いと同期生たちの初舞台の打ち上げを兼ねたパーティーをするのだ。

宝塚音楽学校を卒業し、彼女たちはいよいよタカラジェンヌになる。

レジでは、高級そうな紙袋に店員がわざわざ商品を入れてくれる。そうそう、ここはカシャカシャのビニール袋じゃなかったんだ。

店から出ると、同じ紙袋を持ったご婦人が今まさにタクシーに乗りこもうとしていた。

そういえばこのスーパーの買い物客は普通にタクシーを利用すると聞いたことがあった。その時はたかが買い物にタクシーを使うなんてありえないと思ったものだったが……本当だった。

卒業した美雪たちは、音楽学校の寮を出て、一人暮らしを始めていた。阪急宝塚線、清荒神（きよしこうじん）駅付近に構えた美雪のマンションには、もう同期生が大勢集まっていた。

「きゃあー、美雪ちゃんのお兄ちゃん。京都からでしょう。遠いところすみません」

「お兄ちゃんが作ってくださるお料理、本当においしくって楽しみにしてたんですよ」

「お兄ちゃん、今着いたばかりでお疲れでしょう。すみません。ちょっと休憩してくださいね」

若くてきれいなお嬢さんたちの大歓迎に自然と頬が緩んでしまう。

一服してしまうとかえって疲れるので、水を一杯飲んだだけですぐに取り掛かることにする。

「お手伝いしま～す」

エプロン姿の娘役さんたちがキッチンに集結する。

「うわあ、おいしそう！　すっごい高級食材やわあ！」

「それってマイ包丁ですか？　あー調味料もお手製やないですか？　すごい！」

「きゃあ、お兄ちゃんの包丁さばき、プロの料理人さんみたい！」

そうまで言われたらついついいいところを見せようとして肩に力が入ってしまう。学生時代にバイトに精を出しておいてよかった。

中華風アボカドスープ、牛肉の夏野菜炒め、エビチリ、四川風マーボー豆腐などを大量に作り、テーブルに並べる。

大好評である。

なりたてほやほやのタカラジェンヌたちはよく食べ、素直で礼儀正しく、皆、例外なく可愛い。

「すっごい、おいしいねえ」

「美雪ちゃんは全然料理出来ないのにね」

「男役は料理なんて作れなくていいんですよ。だからお兄ちゃん呼んだんじゃん」

「それって変でしょ。どうして男役は出来なくていいのよ？　少しはお兄ちゃん、見習ったら？」

「へっ、アコになんか言われたくないわ」

「でも、美雪ちゃんちの包丁全然切れないからって、お兄ちゃんわざわざおうちから包丁持ってきたんよ。やっぱり見習った方がいいんちゃう？」

「へー、途中で警察につかまらなくてよかったね。銃刀法違反だよねえ」

「美雪ちゃんとこの包丁が切れないのがいけないんよ。お兄ちゃん、砥石(といし)まで持ってきて美雪ちゃんの包丁砥いでくれてたんよ」

「でも、おいしいわあ。こんなお料理食べられるんだったら、私、お兄ちゃんのお嫁さんになろっかなあ」

「アコがお義姉(ねえ)さんなんてぞっとする。それにお兄ちゃんにはもうフィアンセがいるんだよねえ」

「おい、どうしてバラしちゃうんだよ」

「何、照れてんのよ。あっ、それともバラしちゃいけないわけでも？」

「そんなことないけど……」

「本当ですか？　うわー、残念やわあ」

「いいなあ。おめでとうございます」

「結婚式はいつですか？」

「今年の十二月二十五日。ね、お兄ちゃん？」

「きゃー、クリスマスやないですか？　ロマンチックやわあ！」

大騒ぎになった。

「後片付けはおまかせあれ」と皆に言われて、ようやくソファーで寛ぐことにする。

みんな良いおうちのお嬢様たちだから、高級食材も別に珍しくなければ、俺の作る料理なんかよりもっとずっとおいしいものを食べ慣れているに違いない。でも嫌みなく心からおいしいと言ってくれる。この子たちは、人を喜ばせるのが本当に上手だ。

片付けを終えた子から、思い思いの場所に陣取って、音楽学校時代の思い出を語り合っている。

一緒に入学し、卒業し、初舞台を踏んだ同期生たち。

俺も、つい先日観た彼女たちの初舞台を早くも懐かしく思い出す。

初舞台。ラインダンス――通称『ロケット』。宝塚名物の一つ。

煌びやかな『ダルマ』と呼ばれる衣裳に網タイツ。一糸乱れぬチームワークが売り物。

隊形が複雑に変化することもあって、美雪がどこにいるのか後方の家族席にいるとなかなかわからなかった。だが、そのラインダンスの素晴らしかったこと。舞台はたくさん観ているのだが、身内の贔屓目を差し引いても震えるほど感動したのを覚えている。

「もう、同期全員で舞台に立つなんてないねんな」

「なんか、さみしいなあ。最初で最後なんて」

「あー、もういろんな組にばらばらに配属やね。もう本当に一緒の舞台に立つことってないんやろか」

「あるって。組替えかてあるし、絶対またチャンスあるよ」

「そやけど、同期全員っていうのはもうないねん」

「そや。最初で最後やってん」

話はどうしてもまたそこに戻ってしまうようだ。聞いていてちょっと笑ってしまう。

「あー、そやけどロケットのお稽古厳しかったな。何回泣かされたことか」

「そうそう。泣いた泣いた」

列ごとに並ばされ、振付の先生の手拍子に合わせてきびきびと歩く。歩幅が揃っていないと、カウント終わりでまっすぐなラインが出来ない。

「ただ出来ればいいってもんやない。満面の笑みでやらんとあかん！」

「苦しそうな顔をしたらあかん。苦しかったら『チ！』て言うんや。そしたら笑顔に見える。チ！　言うてみ！」

「稽古で出来ないことが、本番で出来るわけがない！」

「やり直しや、やり直し！　出来るまで何度でもやり直しや！」

先生の口癖の真似をしては笑い転げたり、ああそうだったとうなずき合ったりしている。

実は、美雪に挑発されて、以前に俺もラインダンスの脚上げに挑戦したことがある。やってみてすぐに後悔した。連続して脚を上げるとすぐに息が上がり、苦痛で顔がゆがむ。

「お兄ちゃん、脚が上がってもそんな苦しい顔しちゃ駄目(だめ)。スマイル、スマイルが大切なんだからね」

「そんなこと言ったって、これは苦しいよ。美雪たちは鍛えているから平気なのか？」

「ううん、やっぱり苦しいよ。とくに最後の方は気が遠くなる。……でもそんなときにはね、チ！、ラ！、イ！って言うんだよ。そう言うとね、笑った顔に見えるんだよ」

教えられて鏡の前でチ！　ラ！　イ！　と言ってみる。確かに笑顔に見える。

「もう最後の方なんかね、無声音のチ！　ラ！　イ！　ばっかりですよ」

そうだった。俺はそれを知っていたから、彼女たちのラインダンスに余計力が入ったのだった。

美雪が宝塚音楽学校に合格したことを聞いて、実はかなり複雑な気持ちになったことを今でもよく覚えている。せっかく入った高校を妹が一年で中退しなければならないことがまずもって嫌だったし、そして何より俺が宝塚というものに偏見を抱いていたのだ。

俺は、京都の私立大学の学生劇団に所属しており、宝塚は自分たちの演劇の対極にあると思っていた。第一、今の時代に女が男になって演技する意味がまるで理解出来ない。妹がその宝塚に入ったなんて仲間には恥ずかしくてとても言えないと思っていた。

しかし、今になって冷静に振り返ると、難しくて有名な試験を突破し、アルバイトをしなくても舞台に立てる、舞台に立つことを職業に出来る妹をやっかんでいただけだ。

当時、美雪はまだ十六歳。家では洗濯だってしたことがない。寮生活なんて本当に出来るのか？

家族の心配をよそに、入寮するときの美雪は元気いっぱいだった。傍らには家族と別れるさみしさにわんわん泣いている子もいたのだけれど……。拍子抜けしてしまう。小さい時から泣き虫だった美雪……。強がっているだけなのではないか。

美雪は「じゃあね。何かあったら連絡するから」とドライに言って、スーツケースをひきずって寮の奥に消えていった。ここから先はたとえ家族でも中には入れない。面会はこの玄関ロビーだけだ。部屋の模様替えも荷物の整理も手伝ってやれなかった。

入学式。京都なんて近いのだからお前も来いと言われ、両親と共に出席する羽目（はめ）になった。

「ただいまから、宝塚音楽学校入学式を挙行（きょこう）いたします」というアナウンスが流れ、新しいグレーの制服に身を包んだ新入生たちが入場してきた。

全員、不自然な笑顔である。背筋をぴんと伸ばし、まっすぐ前を見て歩いてくる。

美雪もこちらには目もくれずに前を通り過ぎていった。

見事に等間隔。曲がるときは直角。おじぎの角度も全員揃っている。名前を呼ばれて立ち上がるタイミングも一緒。座った途端、微動だにしない。きっとずいぶん練習したのだろう。

理事長や校長の挨拶に涙ぐんでいる新入生や親御さんも多い。

黒紋付に緑の袴、金髪ショートの、いかにもな男役さんが壇上に立った。

「劇団で皆さんのことを待っています」

新入生たちは、皆、うっとりすると同時に、決意を新たにしたという表情をしている。

式後、誰？　と美雪に聞いたら「知らないの？　『サンバ』さんだよ」と言っていた。

サンバさんは、美雪がずっとあこがれていたダンスの名手で渋い脇役だそうだ。美雪の通っていたスタジオの先輩らしい。あこがれの人が式に現れたので「テンション上がった！」と言っていた。

続いて真新しい制服の総代が前に進み出る。

入学試験の成績が一番。今年の受験生の頂点に立つのが彼女か……とポーッと眺める。

「……一つ一つ頂いた言葉を胸に刻み、清く、正しく、美しくの教えを守り、立派な舞台人になるよう、限りない芸の道に精進することを今、ここにお誓いいたします」

う～ん。そこまで言うか。こんな世界に身を投じた美雪が何だかとても可哀想になってきた。大丈夫か？　美雪。兄ちゃんは何だかとっても嫌な感じがするぞ。この会場でそんなこと思ってるのは俺だけか？

式の終わりに、列席していた上級生たちが一人一人新入生の前に立ち、制服の下に手をつっこんで何やらもぞもぞしている。興味津々で見ていたら、彼女たちは制服の下からバッジみたいなものを取り出した。一人一人、上級生が新入生の胸に着けてやっている。校章のようだ。上級生が新入生を「今日からあなたも宝塚音楽学校の生徒ですよ」と迎える儀式の一つか。感激の面持ち(おもも)ちで着けてもらっている。

……それにしても、あの「もぞもぞ」は何とかならないか？　バッジをしまっておくポケットみたいなものがないのか、あの制服は？

実は、俺もこの春から昼間大学に通う傍ら、夜間に俳優養成所に通うことにしていた。両親や美雪には内緒である。成功してからびっくりさせてやると思っていた。授業料や入所金は、中華屋のアルバイトで稼いだ金を充(あ)てる。夜間部に入ることにしたのは、大学も今年でちゃんと卒業出来るように保険をかけたのだ。

我ながらセコイと思うのだが、退路を完全には断たずに、いざとなったら就職も……という二段構えだ。成功するためにはもっと自分を追い込まなきゃという気持ちもあるが、少し利口(りこう)だったらちゃんと計算をするもんだと自分を納得させた。言い訳にすぎないけど。

百合子にだけは、養成所の入所試験に合格したことを伝えた。宝塚には遠く及ばないが、こちらも結構な倍率だったので鼻が高かった。

「やっぱり裕ちゃんすごいね」と喜んでくれると思ったのだが、「とんでもない」と大反対だった。

百合子とは付き合いだしてそろそろ一年になる。俺の一歳上で、卒業後、既に京都の公立小学校で教員をしている。学生時代は同じ劇団に所属していたから応援してくれると思っていた。しかし、「役者なんて絶対食べられへんよ。あんた、私のヒモになる気？　ちゃんと就職しないんやったら別れるで」

とえらい剣幕だった。わざわざ映画やＴＶの出演機会が多くて、声優を数多く輩出しているところを選んだのだ。これまで打ち込んできた芝居とは大きく隔たっているが、でも、食えなきゃしょうがない。好きな芝居で食えればそんな幸せなことはない。何とかその足掛かりをこの一年で作る。必ずメディアに乗る役者になってみせる。そしたら百合子もきっとわかってくれるだろう。

五月になると、両親に頼まれて、また宝塚に行く羽目になった。年を取ってから出来た愛娘が十六歳で寮生活を始め、心配で仕方がない。でも、どうしてもはずせない用があるし、京都にいるお前が代わりに行って様子を見てきてくれと頼まれたのだ。

何でも音楽学校の初めての行事で『すみれ売り』というのをやるそうだからと。

「こっちはこっちでいろいろ忙しいんだよ」と言ったのだが……。

宝塚大劇場前の広場で色とりどりの着物を着たお嬢さんたちが「すみれ募金にご協力お願いいたしまーす」と声を張りあげている。募金をした人たちに「ありがとうございました」と言って、プラスチック製のすみれを一輪ずつ渡している。……なるほど『すみれ売り』だ。

道行く人はファンなのだろう、大変に協力的だ。自分から進んで募金しようとしている。握手して「頑張ってや」と声をかけていく方も多い。今年の新入生のお披露目でもあるのだろう、カメラやビデオがたくさん向けられている。

生徒は皆、下は緑の袴、白い足袋を履いている。美雪は……名前に合わせたような白い着物を着ている。他の子がカラフルな着物なのでかえってよく目立つ。似合いすぎていて何だか眩しい。見つからないようにしばらく様子を見ていたが、「あーっ、お兄ちゃんだ」と見つかってしまった。周り中が注目したようであせってしまう。

「えー、美雪ちゃんのお兄さんですか。そっくりやわあ」と一緒に居た友達に言われ、兄妹で照れまくる。照れ隠しに思いっきり奮発して募金することにする。

「すみれ売り、終わるまで、『手塚治虫記念館』でも見物しながら待ってて」と言われ、移動する。

一時間近く興味深く見学していると、

「お兄ちゃん、お待たせ」

美雪が現れた。

「洋服の好み変わったのか？　前はグレーは着なかったよな」

着替えてきたのはグレーのワンピースだった。明るい色を好んで着てたのに……。

「私服は派手なもの着ちゃいけないの。舞台は華やかに、生活は地味にというのが宝塚の基本的な考え方なの」

「ふ～ん。それにしてもさ、高校の時、制服のスカートの丈を短くして先生にこっぴどく叱られたのに平気な顔してそのまま通してたじゃないか。えらく従順になったもんだ」

「そう！　ねえ、お兄ちゃん、制服改造で思い出した。私たちの制服、ポケットがないんだよ。それでお母さんに頼んでポケットつけてもらったんだけど……」

うん、入学式の時、上級生が胸章(きょうしょう)を制服の下からもぞもぞ出してた。ポケットないんかいって兄ちゃんは心の中でツッコミ入れてたぞ。

「そしたら速攻で本科生(ほんかせい)の方にものすご～く怒られた。伝統ある制服を改造するなんてどういうつもりって」

「そうかあ、叱られたか……。でも『本科生の方』ってなんだよ、それ？」

「上級生のことはそう言わないと駄目なんだよ」

「……なんか大変そうだなあ。お茶でも飲むか？　ご馳走してやるよ」

目の前の喫茶店に誘うと、

「あっ、お兄ちゃん、そこは駄目！」

「？」

「そこは、生徒専用の喫茶店。それも研四以上の上級生しか入れないお店。私たち、予科生は絶対無理」

「えー、なんだよそれ。そんなに厳しいのか……。『よかせい』ってなんだ？」

専門用語がよくわからない。

「音楽学校の下級生のこと。私たちが予科生。こんな字書くの。上級生が本科生。劇団に入ると研一、研二……って上がっていく」

「ケンって何？」

「研究科の研」

「何だよ、研究科って。劇団員じゃないの？　ずっと生徒なのかよ」

「そうだよ。歌劇団の団員はずーっと生徒なんだよ」

「そんな馬鹿な……」

「お兄ちゃん、このぐらいで驚いちゃ駄目だよ。まだまだいっぱい面白いことあるよ……」

ニカッと笑った。

ちょうど見えてきた宝塚音楽学校を指さしながら教えてくれる。

「音楽学校両脇の階段は、舞台のように上手階段と下手階段と呼ばれてるの」

「ふ〜ん。それは、らしい気がする」

「私達予科生は、下手階段しか使ってはいけないのよ」

「………」

「それも一番端っこを、脇目もふらず早足で昇り降りしなければならないのよ」

「えーっ？　友達とおしゃべりしながら歩いちゃ駄目なのか？」

「ダメダメ、絶対」

アウトコースを脇目もふらず早足で昇り降りしなければならない。楽しく友達とおしゃべりしながら歩くなんてことは許されない。

「今度音楽学校に来る機会があったら向かって左側の階段よく見て。ずっと長い間、予科生が駆け上がったり駆け下りたりしてきたから、端だけすり減っているよ」

「それはすごいね。絶対見なきゃ」

　俺が面白がると美雪はますます調子にのって話す。

「学校や寮で本科生の方と話すときにはね、枕詞として先にね、『失礼します。お願いします』と言ってからじゃないと話せないんだよ」

「何、それ？　ちょっとやってみて」

「失礼します。お願いします。お掃除が終わった報告をさせて頂きます。……とか」

「大変そう……」

「まだまだ決まりいっぱいあるよ！」

　嬉しくてたまらないみたいに美雪は続ける。

「朝、登校する時はね、寮から二列に並んで歩くんだよ。宝塚大橋を渡る時は一列。校門のところで一礼してから入るんだよ」

「……それは、ちょっと見習わせたいかもしれない」

　近所の登校マナーの悪い高校生たちを思い出してそう言う。

「常に模範にならないといけないんだな……」

「そう。清く、正しく、美しく！」

「……と言うよりも、体育会系みたいな気がするけど」

「そうだよ。お兄ちゃん。私たちメチャクチャ体育会系だよ」

「う〜ん。俺はそういうの苦手だなあ」

「知ってるよ。……けど、私は望んでそういう世界に入ったんだから。お兄ちゃんは京都の大学に行っちゃったからよくは知らないだろうけど、私、宝塚受験のために、東京でメチャクチャハードな練習してきたんだからね。本当にアスリートの世界。それも合格して終わりじゃなくってもっと厳しい、それこそ一日中トレーニングしている世界に入ったんだから」

「美雪さ、芸能の世界とスポーツの世界は違うんじゃないの？」

「ううん、ほぼ同じ」

喫茶店はあきらめて、有名な『花のみち』を通って大劇場に戻る。一段高い遊歩道にウキウキと上がる。だが、美雪は下の道路を歩いている。

「どうした？」

「私たちは下を歩くの！」

「どうして？　下は車道だろ。上の方が木陰(こかげ)で涼(すず)しいぞ」

「お客様を見下ろしながら歩いてはいけないの！」

言われて辺りを見回すと、下の車道をいかにもな男役さんと娘役さんが二人仲よく語らいながら歩いている。

カップルにしか見えない。

本当だ。上を歩いているのは、一般の人だけだ。ふ～ん。

よく見るとあちこちに関係者だと思われる人たちがたくさん歩いている。

自転車に乗って金髪の短い髪の女性が通る。あれは絶対歌劇団の生徒だ。カメラの前でポーズを取らされている金髪ショートの細身の女性。あれも生徒に決まっている。

ここは宝塚歌劇の門前町(もんぜんまち)か？

町のあちこちに宝塚歌劇のポスターが貼ってある。普通のお店の看板にもタカラジェンヌが写っている。石を投げたらきっとジェンヌに当たるんだろう。

「せっかくだから大劇場案内してあげる」

言われて『聖地』に入ってみる。

豪華なシャンデリアが煌めき、赤い絨毯(じゅうたん)が敷き詰められている。華やいだ声をあげている女性たちは皆、幸せそうだ。

妙な場所を見つけた。

タカラジェンヌになりきれる写真スタジオ。料金を払い、好きな衣裳を選んで、宝塚風のメイクをしてもらって写真を撮るというもの。

定番のオスカル、マリー・アントワネット、黒エンビ、トップスターの背負(せお)う大きな羽根をつけるのもある。

美雪が将来どんなふうになるのか、ちょっと見てみたくなった。

「お金出してやるから、ちょっと撮ってみないか？」

「ううん、いずれ本物を着るから、私はいい」

美雪、お前、ちょっとかっこいいな。

ポストがあった。劇場の中に郵便局まである。たぶん消印が『宝塚大劇場』なんてつくのだろう。限定切手を貼って送ると……良い記念になりそうだ。

ふと気が付いた。この宝塚という街全体のメルヘンチックな雰囲気はどこかに似ていると思ったら……ここはやはり……。

「お兄ちゃん、ディズニーランドそっくりだと思ったでしょ？　だけど、こっちの方が歴史古いんですからね」

「いや、俺が連想したのは両国(りょうごく)」

「ん？」

「いやね。相撲グッズがいっぱいあって、国技館(こくぎかん)があって、関取(せきとり)や弟子(でし)がそこここを歩いていて……」

「もう、お兄ちゃんたらひどいなあ。タカラジェンヌとお相撲さん、一緒にした！」

　せっかくだから美味しいものでもご馳走してやると言うと、宝塚南口駅の『ルマン』というお店のサンドウィッチが食べたいと言う。

「サンドウィッチ？　もっとおいしいものを食べさせてやるよ」

「ううん、ルマンは、本当においしいんだから。どうしても食べたいの！」

　しかし、店まで来ると急に小声で言った。

「お兄ちゃん、申し訳ないけど、私ここで待ってるから買ってきて。誰かに見られると困るから」

　そうまで気を遣うのか。

　頼まれたハンバーグサンドとエッグサンド、フルーツサンドを買って渡す。

「うわあ、これよく差し入れに入るの。でも予科生は買い食いなんか出来ないから……。お兄ちゃん、ありがとう。友達の分まで買ってくれて」

　あれ？　俺の分は？　友達の分？　……まあ、いいか。美雪は包みがわからないようにすぐに持参のエコバッグにしまった。

　遠回りをして、音楽学校を眺めながらすみれ寮に向かう。

「おーっ、蔦のからまる校舎だねえ。何とも言えず趣があるなあ」

と呟くと、

「あの、蔦が大変なんだよ」

と美雪は、しかめ面をした。

音楽学校の掃除は、予科生が行う。掃除分担場所が決まっていて、それぞれ本科生の指導を受ける。その本科生のことを『分担さん』と言うのだそうだ。美雪は『三階トイレ鏡分担』なのだが、そこは、校舎の外壁を伝う蔦から毛虫がボロボロ落ちるのだそうだ。

「お前、大の虫嫌いじゃん」

小さい頃から男勝りでスポーツが得意で、喧嘩も男の子と派手にやっていた妹だが、唯一の弱点が『虫』。喧嘩相手に虫攻撃をされると手もなく逃げ回る羽目になっていたのをよく知っている。

「そう。でも、毎日悲鳴あげて泣きながらやってる」と笑う。

掃除自体も大変で、毎朝、授業が始まる前に、早く登校して行う。トイレの鏡がちょっとでも曇りがないように一回磨いては右からチェック。

OKだったら今度は左側から舐めるようにチェック。

曇りがあったら拭き直し。

最後に上と下の両方からチェックしてやっと完成。

そして『分担さん』がチェック。

ＯＫが出たら鏡、終了。

それから鏡の前に花を生ける。早朝から予科生のために開けてくれている花屋があり、自宅から通学している友達に買ってきてもらう。

お花代は、予科生が皆で出し合って賄う。それが伝統なのだそうだ。花の生け方のチェックも『分担さん』にしていただく。

「それって嫁姑みたいだな」

「そうだよ。厳しい花嫁修業でもあるのだよ」

エッヘンと誇らしげなポーズをする。

買い食いのチャンピオンだったのに、今では買い食いはおろか小遣いを花代に充てなければならない。

「大変だな。やめたくなったことはないのか？」

「実は、もう、やめた子もいるよ。昨日、お父さんとお母さんが荷物取りに来てた」

前方から、女の子が歩いてくる。急に美雪が固まった。

「お疲れ様でした。失礼します。お願いします。……兄です」

「あー、美雪ちゃんのお兄様ですか。お世話になっております。……失礼いたします」

「美雪がいつもお世話になっております」

挨拶して傍らを見ると、美雪は「失礼します」と言ったまま頭を下げっぱなしだ。彼女が見えなくなるとようやく頭を上げて、

「今の人がお掃除の分担さん。お兄ちゃんに話してるの聞かれなかったかなあ。……お兄ちゃん、もうここでいいよ。あんまりすみれ寮に男の人が近付くとよくないの。本当に今日はありがとう。サンドウィッチもありがとう。じゃあ、またね」

と言って手を振る。もう、あとは頑張れと兄は祈るしかない。噂の「失礼します。お願いします」も聞けたし、今日は……まあ、いいか……。

「美雪は、すごく元気だった。全然、心配することない」と実家には電話した。

美雪から聞かされた宝塚音楽学校のカリキュラムには驚かされる。

演技、日本舞踊、タップダンス、クラシックバレエ、声楽、合唱、ピアノ、三味線やお琴(こと)、お茶の授業まである。

やはり本格的だ。うちの俳優養成所のカリキュラムとは大違いだ。うちのは、体操、ジャズダンス、声楽、演技……どれも講師は専門家じゃない。売れない俳優たちが、小遣い稼ぎでやっている。ろくに教える気などない。

俺たちにスタジオをぐるぐる行進させて、

「一・二、一・二……なあ、ただ歩くだけでも難しいやろ」

……何のことはない。思いつきで言ってるだけだ。

体操の授業で「足を一八〇度に開いてみろ」と言われた。クラスの誰も出来ない。美雪たちはきっと皆、出来るのだろう。でも俺たちは誰も出来ない。

講師にとどめを刺された。

「自分の体も自由にならへんのに、よく役者になろうと思ったな!」

……自分だって出来ないくせに……ただのシゴキだ。……でも情けない。

「お前らにちゃんと教えたら、俺の仕事奪われるやろ。そんなん、誰が教えるかいな。あほか」

皆、一瞬凍りついたようになったが、お調子者が、

「またまた、センセ冗談きついんやから」

と、とりなすように言って、皆ひきつった笑いをした。でも、わかっている。これは本音に違いない。養成所の所長、何歳くらいだろうか。頭も薄くなったもういい年のおっさん。売れない俳優。まだ親から仕送りしてもらっていると言っていた。所長でさえも食えないのか……俺は……そんなみっともないことにはなりたくない。

俺たちの養成所が、俳優志望者から授業料を取り、その上がりで年に何本か劇団員がや

りたい芝居をする……そのための施設だということがわかってきた。

宝塚は戦前からずっと続いている「食える」劇団だ。支えてくれるファンも大勢いる。自前の劇場を持ち、舞台の仕事だけで生活出来る稀有な劇団だ。それに比べて俺の入ろうとしている劇団はどうだ。これでプロでございますなんて恥ずかしくてとても言えない。

美雪は何かというと友達を連れて京都までやってくる。たまの息抜きなのだろう。この前の様子だと、宝塚では気が休まる時がなさそうだ。こちらも貧乏学生だから大したことは出来ないが、それでも得意の手料理を精一杯ふるまってやる。

「美雪ちゃんのお兄ちゃんの作るお料理、本当においしいね」

喜んでくれると、こちらも作り甲斐がある。

それに、彼女たちの音楽学校話はいつ聞いても面白い。

「ピアノも試験あるの？　美雪、ピアノ習ってなかったろ？　試験どうやってクリアした？」

「出来るだけ時間稼ぎした。まず、椅子に座ったら、ん？　という顔しておもむろに椅子の高さを調節する。クルクル回して程よい高さになったら、今度は首をグルグル回して手首をブラブラさせて、指を開いたり閉じたりしていると先生が明らかにイライラし始める。それでコホンと咳払いをして、『〈エリーゼのために〉お願いいたします』と言って、最初の所でティラティラティラピン！　としちゃって、おかしいなって顔をしてまた椅子を直そうとすると『はい、もう結構です』って解放される」

皆、大笑いである。

ドアがコンコン、ノックされていた。出ると百合子が立っている。

「今、妹とその友達が来てるんだ。まあ、どうぞどうぞ」

と言うが、百合子は玄関先でつっ立ったままだ。

「あーっ、妹の美雪です。兄がお世話になっています」

友達もどやどやと出てきて、

「お兄ちゃんの彼女さんですか？　わー、綺麗な方やわあ」

などと騒いでいる。百合子はニコリともせず、

「ちょっとお取込み中みたいやから、また出直すわ。裕ちゃん、これ、人数分ないけど後で食べて」

と包みを押し付け帰ろうとする。美雪と友達は、

「あーっ、それは駄目です。私たちの方がお邪魔虫ですから、私たちが帰ります」

とまた大騒ぎになるが、百合子は、

「いえ、私が失礼します。皆さんごゆっくり」

と帰って行った。

ちょっとシラけたムードになったが、気分を変えるのはやたらとうまい子たちだ。

「美雪ちゃんたらね、歌唱の試験の時ね、シャンソン選んでメチャクチャテキトーなフランス語で歌ったんですよ」

「えっ、馬鹿(ばか)にするなって先生に怒られたろ？」

「それが美雪ちゃん、あんまり自信たっぷりに歌うから、先生ったら美雪はフランス語も出来るんかって驚いてはったわ」

とまた大笑いする。

俺だけは、この後、百合子に何を言われるか想像し、気が重かった。

美雪たちが帰った後、案の定、百合子からキツイお仕置きを受けた。

「あんたの妹、タカラジェンヌやったん？」

「いや、まだ音楽学校に入ったばかりで……」

「ふ～ん。あの子たちとおったほうがあんた楽しいんちゃうの？」

「いや、だって妹だから……」

「友達の方や！」

「いや、あの子たちも年齢的にはまだ高校生ぐらいだし……」

「ふ〜ん、すぐにあの子らも大人になるでえ……まあ、ええわ。ところで、あんた教育実習どないすんの？　その間、俳優養成所どうすんねん」

「うん、養成所は夜間だから、実習行きながら、なんとか行けないかと……」

「何、甘いこと考えとんの！　そんなんで教育実習うまくいくわけないやないの！　第一、そんなセンセに教わる子どもが可哀想やわ。行くんならちゃんと気合入れて行きや！」

「…………」

「あんた、教育実習だけは、ちゃんと行っときや。後で後悔すんで」

百合子に脅(おど)されて、次の日、養成所に休所願を出しに行った。

小学校の教育実習は楽しかった。授業をすることと演技をすることは共通点がたくさんあると思った。ほめていることが子どもに伝わるようにほめる。いけないことだとわかるように叱る。……同じだ。授業は筋書きのないドラマだし……。

実習の最後の日には、クラスの子どもたちが校長室前で騒いでいた。通りかかると校長

先生が、

「あっ、石川さん、いいところに。子どもたちを連れて行ってください」

「はい、わかりました。みんなおいで」

子どもたちは素直に言うことを聞いてくれる。

「みんな、校長先生に何言ってたの？」

「僕らね、石川先生が本物の先生になってこの学校の先生になるように、校長先生にお願いしとったんや」


実習が終わってすぐに、休所願を退所届に変えた。

「将来のことや生活の安定のこと考えたら、やっていけない世界だからね」

所長に嫌みを言われた。俺の方は辞めるきっかけが出来て、正直ほっとしていた。

辞めたことを百合子に伝えると、急にやさしくなって、教員採用試験対策に力を貸してくれるようになった。


二月になり宝塚音楽学校の文化祭が始まった。降りしきる雪の中、苦労して大劇場へと向かう。

大学の学園祭みたいなものだろうと思っていたのだが、全然違う。要はステージ発表会である。模擬店もなければスペシャルゲストもいない。ただひたすら日頃のお稽古の成果を発表する。

最初はお琴演奏。美雪も出ているはずなのだが、観客が多すぎてよくわからない。鼓笛発表では、中太鼓を演奏すると聞いていたが、小太鼓、大太鼓。中太鼓はどれか……と探していたらあっと言う間に終わってしまった。とうとうどれが美雪かわからなかった。オペラグラスを持ってくるべきだったと後悔した。

知り合いが出てなきゃたいしておもしろくないだろうと思うのに、チケットをわざわざ買って観に来る人が大勢いた。いわゆる青田買いをしているのだろう。オペラグラスで一生懸命、将来性のある子をチェックしている。彼女が将来スターになった時に、誰よりも早くあの子の素質を認めたのは私だ、誰よりも早くあの子のファンになったのはこの私だと満足するためだろうか。……ちょっと聞いてみたかった。

三月。ようやく音楽学校一年目が終わるという時に、美雪は友達を連れてまたまた京都にやってきた。何でも音楽学校入試のお手伝いをして、どうしても報告したいことがあるのだそうだ。興奮して、

「ねーねー、私たちすごいもの見ちゃったんだよねえ」

と頷(うなず)き合う。

美雪たちはダンスの試験の音出しの係を仰せつかった。

キューが出るとプレイボタンを押し、次のキューで止める。次の受験生グループが入ってくる前に曲の頭出し(あたまだ)をしておく。

去年は受験する側だったから無我夢中(むがむちゅう)でそれどころじゃなかったけれど、今年は周りの様子をよく観察出来た。

入ってくる受験生は皆、緊張していて見ている方もつらい。同じスタジオで一緒にレッスンしていた子たちもやってくる。

「アイコちゃんも来たんだよ」

アイコちゃん……名前は聞いたことがある。確か中三の時、最初の受験で一次試験に合格した子。この年、美雪は一次も通らなかったのだ。

「アイコちゃん、私がいたのに全然気が付かなかった。すごい緊張だものね……今年は受かるといいな……あっ、私たちが見たすごいのってのはね……」

「ねー」と頷き合いながら口々に言ったことは……。

ある受験生が入場してきた時に、試験場の空気が一変した。それまでどちらかというと入試業務を淡々とこなす、悪く言えば、退屈そうに仕事をこなしているだけの試験官たちが、その子が入って来たとたん、ガバッと姿勢を正したのだそうだ。

「見た」「見た」「ねー」とまた頷き合う。

ダンスの間中、先生たちの目はその受験生に釘付け。踊り終わった後の質問もその子に集中していた。

試験が終わってグループが退場した後、一人の先生が「来ましたね」と言い、他の先生たちも「ようやくですね」とうんうん頷いていた。

「私ね、ああ、こうやってスターは誕生するんだなあとつくづく思い知らされちゃった」と美雪がため息をつく。他の子たちも力なく微笑んでいる。

俺は思う。美雪、お前は卒業して歌劇団に入って、その後どうなるんだ？　スターにはなれるのか？　先生たちがため息をつくほどの逸材と並んでやっていけるのか？　どういうポジションで生きていくんだ？　厳しい試験を勝ち抜いても、この後、ずっと競争だぞ。お前、頑張れるのか？

いや、俺だって同じだ。四月から教員生活が始まる。芝居はあきらめきれるのか？　教員という仕事に満足出来るのか？

音楽学校での一年が終わり、美雪は本科生となった。入学式ではあの制服の下からもぞもぞと胸章を取り出し、新入生に着けてやったのだろう。残念ながら同じスタジオで友達だったアイコちゃんもマリコちゃんも合格出来なかったそうだ。

厳しい競争に打ち勝って合格しても、もっと厳しい競争の渦に巻き込まれた一年だったと思う。兄としては、予科生の時に自分がされて嫌だったことをしないような、やさしい上級生になってほしいと願っている。

俺の教員生活もスタートした。思い描いていた学級担任ではなく、特別支援学級に配属された。

最初に与えられた仕事は、子どもの排尿の世話だった。

車いすに乗っている体の大きな六年生の男の子を抱きかかえて、教室の隣の和室に寝かせ、ズボンとパンツを下ろす。尿瓶をあてて、下腹部を手で押し、排尿させる。

学生劇団ではいつも主役だったのに、今では人のシモの世話か……おしっこをトイレに流し、尿瓶を洗うたびにちょっと涙が出た。

しかし、「続ける」ということはすごいことだとつくづく思う。ともかく続けているうちに、だんだんといろんなことがわかってくる。

朝、子どもたちが登校すると、まず体育着に着替えさせる。出来るだけ一人で出来るようにするために、手伝いすぎないのがコツだ。

初めの頃は、全部やってあげてしまい、学年主任に怒られた。

「自立出来るようにしてあげるのが教育なんだぞ」

……なるほど。

それから、子どもたちと一緒に校庭を何周も走る。

時々、俺は車いすを押しながら走ることになる。乗っている子どもは何の運動にもなっていないのではないかという考えが頭をよぎるが、車いすの上で「速い、速い」と喜んでいる姿を見ると、まあ、いいか……と思う。

走り終わると教室に入って教育テレビの音楽番組を視(み)る。その後、テレビに流れた歌をギターで弾いてやり、皆で歌い踊る。

次に、発達段階に応じた個別の学習に移る。針と糸を使って刺繍(ししゅう)をする子。簡単な国語や算数などのプリントをする子。絵を描く子。クッキーを作る子。手洗いで洗濯をする子……それぞれが自立に向けた違うカリキュラムに取り組む。俺たちは担当している子どもを助ける。

一日が終わると、帰りの支度(したく)をさせ、お迎えに来た親たちに今日の様子を報告して、さようならをする。親たちは若い俺に少し華やいだ声を出すような気がする。うぬぼれでなければ……。

これが俺の仕事。この先、ずっと続けられるのか？　まだ、よくわからない。

また、宝塚音楽学校文化祭の季節が巡ってきた。当日は、またまた大雪である。美雪、お前は雪女か？

今年は東京から両親も観に来ている。本科生になって活躍する場面が増えた。オープニングは、男役と娘役に分かれてのダンスと歌。最前列センターでマイクを持ってソロも取った。美雪はスター候補なのかなと三人で囁き合い、期待でどきどきしてしまう。

お芝居ではハムレットもやった。ハムレット……男の役者なら誰でも一度は、やってみたい主役の代名詞。まさか妹に先にやられるとは思わなかった……。

黒紋付と緑の袴で扇を持って日舞も行った。両親は大満足でいったん東京に帰っていった。すぐにまた卒業式に来なければならない。

卒業式。宝塚大橋のたもとで見守る俺たちの前を白いショールと黒の紋付、緑の袴の卒業生たちがしずしずと歩いてくる。この寒いのに誰もコートなんて着てはいない。

式場では既に制服姿の下級生が着席している。俺たちも席に着き、開式の辞に続いて卒業生たちが入場してくる。

卒業証書を授与され、総代が答辞を述べる。

「二年間の尊い学業を終え、栄えある卒業式を迎えることが出来ました。音楽学校で出会い、同じ夢を抱き、これまで苦楽を共にして参りました。互いに切磋琢磨し、励まし合い清く、正しく、美しくの教えを守り、一層精進いたします。果てしない芸の道を歩んでいく所存でございます」

予科生から花束をもらって皆、涙している。誰も彼も家に遊びに来たことがある。皆、知っている顔だ。愛称だって俺は全員わかる。

式後、彼女たちは金屏風の前でカメラのフラッシュを浴びながらマスコミのインタビューを受けている。美雪は何度も東京の実家に帰ってきて、俺も含めて家中大騒ぎで芸名を決めた。俺の提案も一字だけ採用してくれた。いよいよ美雪たちは巣立っていく。保護者気取りの俺としては何だかとても寂しい。

卒業式が終わるとすぐに初舞台である。宝塚大劇場の緞帳が上がるとそこには黒紋付、緑の袴の同期生が一列に並んでいる。

背景には大きな扇子が下がっている。

何か書いてあるので目を凝らすとやはり「清く、正しく、美しく」だった。

「私たちは晴れて……こうして舞台に立てました以上、宝塚歌劇団の団員として恥ずかしくない……まだまだ西も東もわからない未熟者ではございますが……」

今日は美雪も口上を述べる役を仰せつかっている。普段は絶対しないはずの言葉づかいで、精一杯大きな声で述べている。観ているこちらの方が手に汗握る。

「……清く、正しく、美しくの教えを守り……」

最後に、「私たち三十七名を末永く」と美雪が述べて後は全員で「よろしくお願いいたします」と深々と頭を下げた。

会場中が温かい拍手で一杯になる。


噂の大階段が出て来て電飾が瞬く。

煌めく赤い帽子と網タイツの初舞台生たちが、満面に笑みを浮かべて降りてくる。誰も足元なんて見ていない。曲に合わせて降りてくるだけでも大変なのに、ラインを保ったまま降りてくる。

一糸乱れずとはこのことだ。あの狭い階段の上で、右、左……と脚を放り上げている。

「ヤッ」という掛け声も勇ましい。

だが、俺は知っている。どれだけ息が上がって苦しいかということを。そして、苦しそうな表情を見せないために「チ！」「ラ！」「イ！」とタイミング毎に必死で無声音で言っているはずだということを。

ああ、この辺りが一番キツイと言っていたな。「チ！」「ラ！」「イ！」を連呼しているはずだ。

オペラグラスを手に親父もおふくろも「美雪、どこ？」「あれじゃないか、ほら、あれ」と見当違いの方を指さしている。

美雪の姿を最初に見つけたのはやはり俺だった。「ほら、あそこ」と指さすのだがすぐに隊形が変わり「どこどこ」は止まらない。親父とおふくろはとうとう最後まで美雪を見つけることは出来なかった。

引っ越しと初舞台の打ち上げの翌日。美雪に逆瀬川の高級串揚げの店に連れて行ってほしいと頼まれた。

「串揚げ？　あのソース二度づけ禁止というやつか？　昨日、中華食べさせたのに昨日の今日じゃちょっと重たいでしょ。大体さ、若い女の子は行かないんじゃないの？」

と言うと、大丈夫、絶対もたれないし、品が良くてすっごく美味しいからと自分は一度も行ったことがないのに熱弁をふるう。あんまり他人の言うことを受け売りするなよと文句を言いながらも予約してやった。

逆瀬川駅のすぐ近くにその店はあった。店名は『くいじーぬ』。カウンターだけのおしゃれなつくりである。座るとオーダーしていないのに野菜スティックが出てきた。

おまかせで一通り揚げてもらう。ソース、マスタードソース、醬油、塩と四種類の味付けの中から一品一品おすすめを教えてくれる。

「お兄ちゃん、串の向いている先がおすすめの味付けなんだね」

なるほど。

お通しで出てきた野菜スティックを全部食べきってないのに下げられてしまった。がっかりしていたら、すぐにいっぱいに増えて戻ってきた。文句を言わなくてよかった。

ドアが開閉し、客が入ってきた。途端、美雪が俺の体を盾にして隠れる。

「まずい。サンバさんや」

確かに金髪ショートカットの見るからに歌劇団の生徒さんだ。確か美雪の入学式に「劇団で待っています」と貫禄たっぷりにスピーチした上級生だ。

カウンターしかないから隠れようがない。すぐに気付かれる。観念したように美雪は、

「悪い。お兄ちゃん、食事中、申し訳ないけどついてきて」

と立ち上がった。

「おはようございます。研一です。兄でございます」

「妹がいつもお世話になっております」

兄妹でガチガチになって挨拶する。

サンバさんは両隣に高そうなスーツを着た男性を従え、相変わらずすごい貫禄だ。しかし、兄という言葉に即座に反応し、立ち上がって挨拶してくれた。

「お兄様でいらっしゃいますか。いつもお世話になっております。お食事中にわざわざご挨拶痛み入ります。……さあ、もういいからお兄様とお食事続けてください」

そう言われて失礼しますと自分の席に戻ったが、早々にお兄ちゃん、お会計してと言われ、また失礼しますと挨拶をし、そそくさと店を出る。サンバさんはまた立ち上がり、丁寧にご挨拶してくれた。

「はあー、お兄ちゃん、凄かったね。私、緊張しちゃって味も何もかもすっかりわからなくなっちゃった。ごめんね。研一のくせにもう男性連れて来てると思われるのが嫌で、どうしても兄ですって言わなきゃいけなかったのよ。申し訳ない」

「何、他人行儀なこと言ってるんだよ。いいよ、別に。俺だってサンバさんと直接、話が出来て嬉しかったし……」

「あーあ、あのお店、まだまだ私には敷居が高かったね。いつかあのくらい洗練された物腰でおどおどしないで食事出来るようになりたいな」

兄妹で妙にテンションが上がり、ダッシュで駅まで競走した。

学校では、音楽の時間が一番楽しい。子どもが好きな曲をアレンジして一緒に歌う。皆がウキウキ楽しくなるよう授業を工夫するようにしている。

初めの頃は、他の先生の手前もあり、子ども仕様の曲を伴奏していたのだが、近頃では、自分がいいなと思う歌を思い切って取り上げるようにしている。

「もうすぐクリスマスだからね。今日はクリスマスの歌を歌います」

「いいね、いいねジングルベージングルベー」

子どもたちは大喜びでとび跳ねている。

「ジングルベルもいいんだけどね。今日はジョン・レノンのクリスマスの歌を歌います」

子どもたちはジョン・レノンが何なのかわからないけれど、それでもイエーと喜んでいる。

まず、『ハッピー・クリスマス』のプロモーションビデオを視せる。

「ここのコーラスのところをみんなで歌うからね」と言って英語をひらがなで黒板に書い

てやり、歌わせてみるが何度練習しても誰も覚えられない。他の先生たちが、「石川先生、そりゃ無理だ」

と大笑いしている。

「そりゃ、そうだね。先生が間違えました。ごめんなさい」と頭を下げると、子どもたちは「石川先生、無理だー」と一斉(いっせい)にブーイングする。

「じゃあ、みんなはラララで歌いましょう」

と言うと、

「石川先生、初めからそうしてよ」

とまた文句を言う。

ギターを弾きながらソロを取る。ラララのコーラスはみんな全身でリズムを取って好きな楽器をガシャガシャやりながら大合唱する。

俺はすっかりジョン・レノン気分だ。

「若いせいか石川先生はセンスがいいね。子どもが喜ぶ音楽の授業を上手にするね」

学年主任にほめられた。美雪が友達を連れてやって来た時にその話をすると、

「お兄ちゃん、自分が歌いたい歌、音楽の時間にやってるだけやないの?」

とみんな笑う。

「それはそうなんだけど……それだけじゃないんだな。ちゃんと、子どもたちが歌えて楽しめるような歌をセレクトしてるよ」

「お兄ちゃんなら、子どもたちが楽しいって思うような音楽の授業してるんだろうな。私たちも受けてみたい！」

なんて嬉しいことを言ってくれる。

百合子の部屋で、ブライダルプランを練っているときにふと思いついた。

「ねえ、頼みがあるんだけど」

「何よ、改まって。水くさいわね」

「……俺たちの結婚式に、うちのクラスの子たち呼びたいんだけど」

「どうして？　私のクラスの子は呼ばへんよ」

「あのさ……前、うちの保護者がしみじみ言ったんだ。親戚の結婚式に子どもを連れて行かれなかった。親戚にあんな子がいるって先方に知られたくないから連れてくるなっておばあちゃんに言われてしまったって。先生、うちの子、一生晴れがましい席とは無縁ですねえって寂しそうに笑ったんだよ。だから……駄目かな？」

「……ええよ。私、裕ちゃんのそういう所、好きやし、ええよ。皆で大盛り上がりの式にしよ！」

思いっきり百合子を抱きしめる。こんな気持ちでずっといたい。これから先、何度でもこんな瞬間があるといい。

結婚式当日、大雪である。美雪のせいだ。

百合子は、

「ホワイトクリスマスでホワイトウエディングになるね」

と喜んでいるが、そんな悠長(ゆうちょう)なことばかり言ってられない。バギーや車いすを利用しなければならない子どもたちは、来るだけで大変だ。

教会で式を挙(あ)げ、隣のパーティー会場に行くと、子どもたちは精一杯のおしゃれをして集まってきていた。

「石川先生、お嫁さんきれいね」とクラスの女の子たちに言われ、「みんなも可愛いよ」と言ってあげる。顔を真っ赤にして照れているのが本当に可愛い。

母親たちは、「うちの子たちがこんな晴れがましい日に招待されるなんて絶対ないと思っていました」と涙ぐんでいる。

司会の人に紹介され、美雪がマイクの前に立った。いつの間にか緑の袴に着替えている。

「兄はいつも宝塚までバイクで来てくれて、私と同期生たちにおいしい手料理をふるまってくれました。……今日は、私と同じ組の同期生がお祝いに駆けつけてくれています」

場内がどよめく。緑の袴、着物というタカラジェンヌの正式の出で立ちで同期生たちが次々ステージに上がってくる。サプライズに誰もが興奮を隠せない。

「お兄ちゃん、百合子さん、ご結婚おめでとうございます」

「音楽学校時代、つらいことがあると」

「私たちは美雪ちゃんと一緒に京都のお兄ちゃんのお家に遊びに行きました」

「お兄ちゃんの作るお料理をいただいて、面白いお話をしていただくと」

「私たちは元気になり、また明日から頑張ろうという気持ちになりました」

「あんなにおいしいお料理を、これから毎日食べることの出来る百合子さんは幸せだと思います」

どっとウケる。

「お兄ちゃんに私たちはいつも励ましてもらいました」

「お兄ちゃんは、人を幸せにする天才だと思います」

「お兄ちゃんのクラスのお友達、皆さんもそう思うでしょ？」

イエーと子どもたちは大はしゃぎである。

「人を幸せにする天才のお兄ちゃんなら、百合子さんもきっと幸せにしてくれると思います」

百合子の親戚が子どもたちに負けじとイエーと叫び、大笑いする。

「お二人で幸せな家庭を築いてください。お礼の意味を込めて宝塚メドレーをお贈りします」

割れんばかりの拍手が沸き起こる。

ピアノの伴奏に合わせて定番の『すみれの花咲く頃』が始まった。

タカラジェンヌたちの歌声にうっとりとしていると、子どもたちは興奮し、キャーと奇声をあげたり椅子をガタガタ鳴らし始めたりしだした。彼らが喜んでいるのはよくわかるのだが、両家の親戚たちからせっかくの歌が台無しだ、何とかならないのかという雰囲気が伝わってきた。式場のスタッフも、どうしたものかとやきもきしているのがわかる。でも、一番困っているのは彼らの母親たちだ。他人の迷惑をいつもいつも気にして恐縮してきた母親たち。今日ぐらいはそんなこと気にする必要ないんですよと心の中で呟く。どうすればいいかなと思っているうちに、美雪がピアノ伴奏のところに行き、何やら耳打ちした。

曲が変わった。教室で何回も歌った『ハッピー・クリスマス』だ。子どもたちは興奮のあまり飛び跳ねている。

美雪たちが子どものところに行き、手を引いてステージに上げる。車いすの子もみんなが協力してステージに上げてくれる。

子どもたちの手に彼らのお気に入りの楽器を手渡してくれている。紙ふぶきまで盛大に撒いてくれている。

俺たちもセンターに呼ばれる。子どもたちと、なりたてほやほやのタカラジェンヌたちが手をつなぎ、コーラスをつけてくれる。『ハッピー・クリスマス』の大合唱だ。

母親たちは皆ハンカチで顔を覆っている。

窓の外の雪は止む気配がない。

俺は、必死で嗚咽（おえつ）をこらえながらジョンになりきる。まったく人を喜ばせる天才はどっちだよと心の中でツッコミを入れながら……。

その時、涙ぐんだ百合子が耳元でそっと囁いた。

「お腹に私たちの子どもがいるのよ。昨日わかったの」

このタイミング？　あっけにとられる俺の顔を見て、百合子は慌てて、

「タカラジェンヌをいきなり叔母（おば）さんにしてやった」とごまかした。

第四話

星に願いを

原口芳樹(よしき)は、進路指導室で赤ペンを鼻の下にはさみ、渋い顔をしていた。就職情報誌をチェックしているのだが、どれもこれもピンと来ない。大手の自動車会社を希望していたのだが、面談で担任から、
「あほか。お前みたいな短気な奴がラインの仕事が出来るかいな。お前の先輩らも一年も持たんとやめとる。同じことずっとやんねんで？　真面目(まじめ)で根気のある人しかやれん仕事じゃ。悪いこと言わんから、もっと出来そうなところ探しいな」
と言われてしまったのだ。

確かに俺は、すぐカッとなるし、飽きっぽいから、毎日毎日おんなじことなんか出来そうにないもんな。車もバイクも好きだから仕事にすると楽しいかなあと思ってたんだけどなあ……。

ふー、どうしよっかなあ、弱ったなあと自慢のリーゼントが崩れないように気をつけながら耳の上をボリボリ掻(か)いていると、突然『宝塚ファミリーランド』という単語が目に飛び込んできた。

「遊園地か……いいかも」

お父ちゃんもお母ちゃんもガキ共も、みんなが楽しく遊ぶところで仕事をする……これはいいぞ。夢があるもんな。うん、これは楽しそうだ。きっとこれは神様のお告げってやつだな。そうだ、ジェットコースターの修理をしよう……。設計とか出来るようになったら、修理だけじゃなくて俺オリジナルのジェットコースター作ってみたいな。ジェットコースターって電気で動くんだよな。排ガス出てないもんな。俺、電気の成績はいいからな。……いい！　これいい！　俺にぴったりだ。決めた！　宝塚ファミリーランド！

　自慢のリーゼントを、不本意ながらいったんリクルートカットにして就職試験に臨み、首尾よく合格。採用となった。

　すぐに配属先の希望調査があった。遊園地の乗り物整備を希望することは決まっていたので、鼻歌交じりで事務所に向かう。

　宝塚大劇場の搬入口で、腰に『なぐり』をぶら下げ、ベニヤ板を抱えた大道具さんたちに出くわした。額にタオルで鉢巻、雪駄を履いている。なんかダッサイ気がした。

「やっぱ俺は、木は嫌だな。機械か電気がいいなあ」

　と思った。

　どこを希望しますか？　という人事担当者の問いに、

「劇場以外だったらどこでもいいです。劇場だけはやーです」

と答えておいた。

しかし、配属されたのは……なんと劇場だった。おいおい、希望が通らないんだったら、なんでわざわざ呼び出しといて聞くんだよ。嫌がらせか？　これはいじめか？　と、入社早々すっかり嫌気がさしてしまった。


いやいや行った研修の初日。先輩に、まず雪駄を履くように命令された。ゲッと思ったので即、「お言葉を返すようですが」……と覚えたての言葉を枕に、

「足に物が落ちたら大怪我しますよ。仕事の時は、安全靴、履くのが常識じゃないすか。高校の先生にそう教わりましたけど」

と言ってやった。雪駄なんてダサイもの履けるかよ。おっさんら、時代遅れなんじゃねえのと思った。俺としては、精一杯オブラートにくるんで言ったつもりである。

ところが、

「あほか！　大事な大道具の上に土足で上がるつもりかいな。何かあったらサッ脱いでサッ上がったらなあかんねん。学校で何習うたか知らんけどや、現場でそんなタルいこと通用せんで。怪我なんかせんように仕事すんじゃい！」

と怒鳴られた。

のっけから楯突いたので、第一印象は最悪だったのだろう。見習い期間は大体が怒鳴られて過ごすことになった。もっとも愛想良くしていても、怒鳴られることを避けられるとは思えなかったが……。

「お前なあ、目つきが悪いねん。仕事教えてほしい奴がそんな目エするか、アホ」

「お前なあ、ホンマ態度悪いなあ。それ、仕事覚える態度ちゃうやろ」

始終怒鳴られるというのは、やはりご機嫌伺いが足りなかったということだろう。必要以上に怒られてる感は間違いなくある。

願いはただ一つ。すぐにでも遊園地の乗り物整備担当に配置換えをしてもらうことだ。


昼の休憩中に先輩たちが何やら雑誌を覗き込んで、ああでもないこうでもないと言い合ってる。何してるんだろ？　と思いながらコンビニ弁当とカップ麵を交互に食べていると、「原口、お前もちょっと来いや」と呼ばれた。

雑誌の表紙には大きく、歌劇の生徒が写っていた。「宝塚おとめ」というタイトルになっている。すごいね、このネーミング。おとめ……そんなものまだ本当にいるのか？

「これな、毎年四月に出んねん」とペラペラめくってみせる。

生徒たちの顔写真がたくさん出ている。

「これで全員ですか?」

「そやで。どういう順番で出とるかわかるか?」

一ページ丸々使っている大きい写真から、小さいサイズで何人も写っているページもある。

うーんと見ながら考える。

「年の順ですか？　あっ、期の順番かな」

「そうや、そこまでは誰でもわかる。そやけど、同期生同士やったらどういう順番かわかるか?」

謎解きを要求されて、もう一度じっくりと観てみる。表紙はトップさん。一ページ目からは、各組の男役のトップさんが花、月、雪、星、宙(そら)の順で並んでいる。これは組が出来た順番だそうだ。

次は娘役のトップさんが同じ順番で並んでいる。その後は、専科さんの写真があって、その後は各組ごとに生徒が並んでいる。

まず、組長。次は副組長。その後は期の順番のようだ。しかし同じ期なのにトップさんより前に写真が載ってる生徒がいる。

「なんでかな?……もしかして、本名のあいうえお順?」

周りが一斉に吹き出した。

「あほか! そんなわけないやろ! 同期生同士やったら、成績順に並んどんのや」

びっくりしてもう一度確認する。トップさんが同期よりも後ろに載っているページを示し、指摘すると、

「そや。この子の方がトップさんよりも成績がよかったんや」

「えっ! 成績がいいからトップになるんじゃないんすか?」

「ちゃうねん。生徒たちのトップ争いはいろんな要素が絡んでくんねん。そやから毎年四月になると、ファンはこれを買ってこの後の出世レースがどうなるかいろいろ予想すんねん。俺らも同じやで。これ見ながらいろいろ予想すんねん」

何も知らんのやなという勝ち誇ったような口調に、むかついて、

「俺はまた先輩たちが、品定め(しなさだ)でもしてるのかな思ってましたよ」

と、また言わんでもいい悪態(あくたい)をついてしまう。

「あほか。俺たちにとって生徒はそんな対象やないねん。……それより生徒は成績が最後までついて回んねんで。原口、お前、成績順やったら一生浮かばれへんやろ」

と嫌みを言われた。あ〜あ、またか。自分でもほとほと嫌になる。ガキの頃から一言多

くて、ずっと損をしてきたのはわかってるんだけどなあ。成績なんかより、人にどうやったら可愛がられるのかっていう能力の方が大事な気がする今日、この頃。そういえば、先輩たちは、生徒の出世は成績順じゃないと言ってたな。一体どうやってトップとか組長とかが決まっていくんだろうな。会社の出世と同じかなあ。上司に気に入られるかどうかが問題だったりして……。

そんなんだったらつまんないなあ。

一年が過ぎたが、遊園地への配置換えはない。そりゃそうだ。まだ仕事もろくに覚えていないのに、新しい所に行けるわけがない。そのくらいはわかるようになっていた。

よし、決めた。誰よりも劇場の大道具作り、上手くなってやる。そして、大手を振って遊園地に行く。そして、俺オリジナルのジェットコースターを作る。それで「ハラグチ一号」と命名する。誰にも文句は言わせない。ああ、原口がいないと大道具困るなあって思い知らせてやる。

ちょっと嬉しかったのは、大道具に後輩が二人も入ってきたことだ。翔と健太っていう俺によく似たやんちゃな奴らだ。笑っちゃうことに、二人とも遊園地に入りたくって、ベニヤ板切るのだけは嫌だって言ったのに、劇場の大道具に回されたのだそうだ。

「俺も一緒。木だけは嫌だって言ったのに、ここだったたんだよな」

三人で大笑いした。一体、ここの会社はどうなってるんだ。何のために希望取ってるんだよ。適材適所って言葉知らねえのかな？　やる気の出るところで働かせた方がみんなハッピーになるんじゃねえのか？

俺たちはすぐに仲良くなり、つるんで行動するようになった。

「原口さん、雪駄なんてダサダサじゃないですか？　第一、足の上に物が落ちたら危ないじゃないすか？」

おかしかった。一年前には俺もおんなじように思ってたなあ。さっと雪駄を脱ぎ、そのまま道具に上がり、ささくれにカンナをかけるなんてもう俺の中では当たり前になってしまっている。

「やっぱ伝統っていうかさ。昔からやってきたことの良さ、つうのがあるわけよ。だまされたと思ってしばらく雪駄履いてみ。もうこれじゃなきゃ仕事にならないことがわかるからさ」

あれ？　なんで俺こんなこと言えちゃうわけ？　二人はいいなあ。俺なんておんなじこと言って怒鳴られてたけどな。翔も健太も俺にやさしく教えてもらってちょっとズルくない？　まっ、いっか。早く仕事覚えさせてどんどん手伝わせてやろう。

新入社員が配属されたのは大道具だけではなかった。

衣裳部……じゃなかった。リスペクトの意味を込めて『お衣裳部さん』って言うんだったな……その『お衣裳部さん』にも一人、新しい子が入ったはずだと皆が噂していた。

その日、昼休憩から戻ってくると、作業場に立てかけられた材木の陰で泣いている女の子がいる。

「お、どうした？　なんかあったか？」

声を掛けると、「すいません。何でもないです」と逃げ出そうとする。柄にもなく声を掛けた自分自身に舌うちしながら、行きがかり上、俺は自分の名前と所属を名乗った。どこをどう見てもヤンキーにしか見えないからな、俺は。絶対警戒されてしまう。

「一人でうじうじしてるより、誰かに喋った方が楽になるぞ」

くそっ、動揺続きで思いっきりベタな声掛けをしてしまった。似合わねえ。ホント恥ずかしい。

彼女が、お衣裳部に配属された洋子という十九歳の子だった。タメだった。新入りだから一こ下だと思ってたのに。

洋子は昨年、新入社員の時は、ファミリーランドの入場口で切符のもぎりをやっていたと言う。ところが、今年になって急にお衣裳部に配置換えになったそうだ。

「一年で異動って出来るんだ」

びっくりしたのと同時に、俺の目がキラッと光ったはずだ。でも、彼女は希望して異動してきたわけではなかった。

「私、針なんか持ったことないんです。どうしよう」

とメソメソしている。

「俺だっておんなじ。鋸（のこぎり）なんか持ったことなかったのに今じゃ毎日、ベニヤ切らされてる」

洋子の目が真ん丸になった。

「本当？　原口さんも？　それでだんだん出来るようになってきた？」

「う～ん、不思議だけどさ。初めは怒鳴られてばかりだったけど、だんだんうまくなってきたと自分でも思う」

「本当？　なんで私みたいな、針も持ったことない人間をお衣裳部に入れるんだろって全然理解出来なかったけど……もっとお裁縫（さいほう）上手な人いっぱいいるだろうにって思ってたけど……原口さんみたいに頑張ってれば私でもうまくなるかな？」

「ああ、頑張ってたらきっとうまくなるよ。頑張ってみな」

「ありがとう……。だけど原口さん、ヤンキーなのに優しいんですね」

「カッコだけです。自分は本当は優しいお兄さんです」

と言うと、やっとちょっと笑ってくれた。

だけど……と実は俺は思っていた。衣裳なんか外注した方が安いんじゃねえの？　そんな針も持ったことない素人（しろうと）に給料払ってやらせるのは、かえって高くつくような気するけどなあ。大道具だって同じだ。俺たちみたいな素人に一から教えてやらせるよりも、業者に発注してやらせた方がずっとコスト削減出来るだろうに。


それからは不本意な部署に配属された者同士、同じ年代の者同士で、自然と昼休みは四人一緒に過ごすようになった。翔と健太はちょっと邪魔だったけど、まあ仕方がない。四人で過ごす昼休みは、去年とは比べられないくらい楽しくなった。

洋子はよく俺たちの分までおにぎりを作って来てくれた。

「男の人は、お腹すくでしょ。たくさん食べて」

そう言われて俺たちはコンビニ弁当、カップ麺の他に手作りのおにぎりを四つずつ食べた。

「やっぱり男の人はすごいねえ」

洋子は目を丸くして笑っていた。

「だろ。まだまだいけるよ」

とふざけてみせると、

「私のお給料、全部お米代に消えてしまいそう」

とまた嬉しそうに笑った。

四人で居る時は、洋子はいつも笑っていたが、俺だけにはそっと愚痴をこぼした。

「もともと、私、不器用なのよね。お衣裳部なんて向いてないのにどうしてやらなきゃならないんだろ？」

「俺だって、電気やりたかったんだよ。それが今じゃ木、専門だ」

「だけど、原口さんは才能があったからいいよ。私は駄目かも……」

「もう少し辛抱してみろよ。努力を続けていたら人間進歩するもんだぞ」

言いながら自分で笑い出しそうになった。これはずっと俺が今まで言われ続けてきた言葉だった。ほんと、辛抱のたらんガキだったからな、俺は。何かというとキレて喧嘩していた。親や先生にいっつも「我慢、辛抱、忍耐、コツコツ……これがお前に足らないものだ」と言われ続けてきた。中坊の時や工業高校の時にこんな境地に達していたら俺の人生だいぶ違ってたなあ、きっと。だけど不思議だな。俺はこの仕事、最近、結構好きかも。

いつの間に好きになったんだろ？　遊園地はどうなったんだ？

そうこうしている間にもさらに洋子の愚痴は続く。

「不器用で何モタモタしとんのって怒られるのはまだいい方。それよりつらいのは、人に差をつけること。そりゃ、トップさんを一番豪華な衣裳にするのはわかる。だけど、他の人は同じ衣裳でいいじゃない。ちょっと、これ見て」

と二種類のキラキラボタンを見せられる。ブルーとゴールド。ゴールドの方が心もち大きめである。

「今度の舞台の衣裳？　手に取って見るの初めてだなあ。おー、キラキラ光ってるねえ」

「でしょう。ゴールドの方が二番手さん。ブルーの方は三番手さん用なの」

「えっ、これ役によって違うんじゃないのか？　人によって違うのか？」

「ショーの場面の衣裳のボタンよ。ランクによって少しずつ違うの」

「どう違うんだよ？」

「まあ、わかりやすく言ったら下から順に少〜しずつ派手になっていって、センターのトップさんでどギンギンになるということかな」

ふ〜ん、そうなのか。そういうのってしんどいだろうと思う。あの人より自分の方が上、下ってすぐにわかってしまう。成績の順番のゼッケンをつけてるようなものだ。あっ、成績の順番じゃないって先輩が言ってたな。「おとめ」の写真の順番は期が同じだったら成績順。でも出世は成績順ではない。いったいどういうシステムになってんだと洋子に聞いてみたが、彼女にもよくわからないと言う。

宝塚大劇場や東京宝塚劇場には『銀橋』というものがある。初めは『ギンキョウ』って何のことかわからなかったけど、銀の橋と書いてギンキョウ。オーケストラピットをぐるっと囲むように半円形に客席に突き出している、通路のようなエプロンステージのことっていうのを、最近知ったばかりだ。幅が一二〇センチしかないのにここで演者同士が交差して通ることもある。

誰でもここを渡れるわけではなくて、ある程度格が上がらないと渡ることは出来ないらしい。

銀橋を通りながら男役さんがウィンクをして、客席がキャーとなるのを見たことがある。それで、銀橋渡れるようになるのは、誰がどうやって決めるんだ?

歌劇団の大道具見習いとしての二年が過ぎ、俺は二十歳になった。

「ちょっとは大人らしくせい」と皆に言われるが、日常が変わってないのだから急に成長は出来ねーよと思う。酒も煙草も大っぴらにやれるのだが、いつも皆とワイワイ騒ぐのではなく、時には、一人っきりでいろんなことをあれこれ考えながら、一服したい時もある。

初めて洋子と出会った作業場の壁にもたれて一服していると、突然材木の向こう側から

「ア・エ・イ・ウ・エ・オ・ア・オ・カ……」

と大きな声が聞こえてきた。ったく、誰だよ、うっせえなあと思って材木の陰からひょいと覗くと、金髪リーゼントの女の人がお腹に手を当てて発声練習をしていた。

興味津々で、気づかれないように近づいていくと、目に涙がいっぱい溜まっているのが見えた。びっくりして、足元の空き缶につまずいて大きな音を立ててしまった。

振り向いた顔がびっくりしている。が、さっと目元をふいてニッコリとした。芸能人の歯だな、真っ白だと思う。咥え煙草のまま恐る恐る近づいて聞く。

「具合でも悪いんですか？」

「どうして？　元気一杯だよ」

「でも、泣いてた……」

「まさか！　発声練習しててちょっとむせただけ。それよりちょっと煙草、私にも一本くれない？」

「へー。煙草吸われるんですか？　あっ、そうか……」

「何？」

「いえ、男役さんは声を男っぽくするために、煙草吸って、声つぶすって前聞いたことあるから……」

彼女はケラケラ笑って、

「それは都市伝説の類だね。そんなことしたら歌が歌えなくなっちゃうよ。私はとくに歌で頑張ってるからね。絶対に吸わないよ」

「……じゃあ、なんで煙草欲しいなんて言ったんですか？」

「研究だよ、研究。……ちょっとさっきみたいに吸ってみて」

言われて、照れくさかったけど、手に持ってた、まだ火の点いているやつを咥えてみせた。

「う〜ん。さっきはちょっとカッコよく見えたんだけどなあ……。気のせいか……」

俺の姿を横目で見ながら、自分も煙草を咥えたり、指にはさんだりしながら作業場のガラスに映る自分の姿をチェックする。

「気のせいか……ってのはひどいなあ。俺の煙草吸う姿、カッコよくないですか？」

「うん、さっきはそう見えたんだけどねえ……」

としかめっ面をする。チェッと俺がすねてみせると、ニッコリと白い歯で、

「じゃあさ、あなたのリーゼントよく見せて。そっちの研究する。今時、リーゼントの人ってほんと珍しいから」

「もう、ますます傷つくなあ。自分だってリーゼントじゃないですか」

「私のは、ほら、コスプレみたいなもんだから……オーッ、すごい剃り込みだね。これはもう天然記念物だね。世界遺産か？」

「もう、イジるの、ホント止めてくださいよ」

「ごめん、ごめん……自己紹介まだだったね。私、マリコって言うんだ。確か……大道具さんだよね」

「原口って言います。まだ、見習いだけど……そろそろ使いっぱだけじゃなく、ちゃんと仕事させてもらえるようになってきました」

「原口君かあ、これからよろしくね……ありがとう、なんか元気出た。じゃあ」

指二本を俺に向けて、「サッ」と音が出るような身のこなしで去って行った。舞台だけじゃなく、普段もカッコいいんだな。でも元気出たって言ってたな。やっぱり、さっき泣いてたのかなあ。


それからマリコさんは、よく俺を頼ってくれるようになった。

「原口君、ごめん。ここちょっと引っかかりそう。削ってくれるとありがたいな」

俺は、すぐにカンナで削ってやる。こういうのは先に言ってくれた方がありがたい。後でトラブルがあると責任を感じてしまうから。

「おっ、全然引っかからなくなった。さすがだねえ。ありがとう」

そう言われ、俺はデレーとなってしまう。

「原口君、このドアの取っ手、ちょっと固いかも。もっと開閉スムーズにならないかな？」

すぐに蝶番を付け直す。

「原口君は、フットワーク軽くていいなあ」

他の生徒さんにも褒められて、

「別にそんなの普通っすよ」

と、クールな振りをするのが難しかった。ちょっと油断するとすぐニヤニヤしてしまう。

先輩に言われたとおりに作るのではなく、生徒さんたちがお芝居やショーをやりやすいように、考えて考えて、もっと軽くならないかとか、もっと安全に出来ないかとか、工夫するのが楽しくなってきた。

「ハッラグッチくん！」

ある日、マリコさんが仕事場にいた俺を呼びだした。

「これ、皆さんで」と大きな寿司桶(すしおけ)を差し出す。

「うわあ、すっげえ。大トロ、こんなたくさん。マリコさん、こんな高級なの、もらえないっすよ」

「ううん、気にしないで皆さんで召し上がって。いっつも原口君、頼んだことすぐやってくれるからみんな感謝してるんだよ。それにこれ、ファンの人に差し入れてもらったの。たくさんいただいたから遠慮しないで」

「マジっすか。じゃあ、ホント遠慮なくみんなでいただきます」

「どうぞ、どうぞ」

俺がいただいた寿司桶を持って仕事場に戻ろうとすると、

「それでさ、原口君、実はお願いがあるんだけど……なんか交換条件みたいになっちゃって申し訳ないんだけど……」

「何すか？　マリコさんのお願いだったら何でも聞いちゃいますよ」

「もう、ホント、原口君、軽いね。あのね……この前、私があそこで発声練習してたこと、みんなに内緒にしといてくれないかな」

「えっ、何でですか?」

「……あそこ、私の秘密の練習場所なんだ。誰かに知られると練習出来なくなるから……」

「ああ、そういうことならリョーカイっす」

「よかった。さすが原口君。よろしくね。じゃあ、早目に食べてね」

と颯爽と去っていく。

「ご馳走さまっす」

背中に声をかけると片手を上げて少し振り向き、白い歯を見せる。恰好や仕草は男っぽいんだけど、今日は女っぽさも同時に感じてしまった。なんか調子狂っちゃうなあ。

……秘密の練習場所ねえ。そういうのって必要なんだ。俺だって一人で一服したい時があるからな。納得して「差し入れいただきましたぁ。マリコさんからで～す」と仕事場に戻った。

大道具を舞台ソデに搬入しているときに、洋子の姿を見ることがあった。

「洋子さん、ここ取れちゃった。お願い」

言われると、ハイッと駆け寄り、手早くボタンをつけ直している。俺から見るとそのスピードはもはや神業だ。

「はい、これで大丈夫だと思います」

「ありがとうございました。洋子さん、すごいスピードですね」

「いえいえ、不器用で手が遅くて申し訳ありません」

言いながら、背中のほつれのチェックもしている。

すげえな。全然仕事出来ないって泣いてたのが嘘みたいじゃんか。謙遜が過ぎるでしょ。洋子は俺に気付くと、ちょっと照れくさそうに笑ってぺこんと頭を下げてみせた。

「おい！　原口。削りカス、払ってからノコ引けや。それじゃあ、線通りに引けんやろ！」

先輩に怒鳴られる。

チッ！　ったく、うっせえなあと乱暴に手で払ったら……畜生！　ドジった！　左手親指のつけねから結構な量の血が出ている。ノコの刃をちょっと当ててしまった。……カッとなって雑に作業するとこういうことになる。

俺の様子に気付いて翔も健太も心配そうに覗き込む。

「大丈夫っすか？　わっ、こりゃひでえや」

「結構、出てますね。すぐ医者行った方が」

「とりあえず医務室行って来い。ひどいようだったらそのまま医者行け」

先輩に言われ、タオルで傷口を押さえながら、教えられた劇団の医務室へと向かう。白いタオルがみるみる赤く染まっていく。うわっ、神経とか切れていたらどうしよう。仕事出来なくなっちゃうかもと不安になり、大慌てで医務室のドアをノックした。

おばさんの看護師さんが、どれどれちょっと見せてごらんと言いながら、手早く治療の準備をする。

「は〜い、消毒しますよ。ちょっと滲みますよお」

瞬間、キッと飛び上がりそうになった。痛ってえ。

「ほら。ちょっと我慢しなさいよ。そんな強面のお兄さんがカッコ悪いよ」

「痛えもんは、痛えんすよ。……ツゥー、もっとやさしくお願いしますぅ」

その時、娘役さんをお姫様抱っこして、男役さんが入ってきた。衣裳のままだ。娘役さんの名前は知らないけれど、男役さんの方は、確かミユキさんという人だ。

「すみません。リフト失敗して落としてしまいました」

ちょっと待っててと俺は放っておかれて、おばちゃん看護師は、そちらに駆け寄る。

「落としたときにこの娘、足首捻ってると思います。ごめん、痛いか？」

「これから夜の部、出るの？　じゃあ、ギリギリまで湿布しといて。いい？」

はい、大丈夫です。目に涙は溜まっているが、気丈にも娘役さんは応える。

「大丈夫か？　本番出来そうか？」

「はい。大丈夫です。出来ます」

「ほんっとごめんな。もうこんなことないように気をつけるから」

まるで、お姫様を気遣う王子様のようだ。超カッコいい。

「ミユキちゃん、あなたは？　どこも怪我してないの」

「ええ、私は大丈夫です。……でも一応、足首に消炎剤でも……スプレータイプのものを……」

「ふ〜ん。ちょっと見せなさい。……なんだ、すっごい腫れてるじゃない。あなたの方が重傷よ。……折れてはいないと思うけど……公演終わったら、すぐお医者さんに行って念のためレントゲン撮ってもらいなさいよ」

「はい。わかりました」

シャーッとスプレーして、「ありがとうございました」と一礼して出て行った。

やれやれと看護師さんが戻ってきて、

「ごめんね、ほっといて。う〜ん、縫う必要はなさそうだね。取りあえず絆創膏、貼っとこうか。ちょっと痛いよ」

傷に触られてググッとなったが、今度はそしらぬフリをする。

「あなたもお医者さんに行きなさいよ。化膿(かのう)すると大変だからね」

ありがとうございましたと一礼すると、おばさん看護師さんは愉快そうに笑った。

仕事場に戻ると、皆に「すぐ医者に行ったらどうだ」と言われたが、

「別に、たいしたことないっす。それより仕事途中に抜けてすみませんでした」

と、またミユキさんの真似をして頭を下げた。


マリコさんの秘密の練習場所だって言うから、俺も一人で一服する場所を変えることにした。誰にも言わないでと言われただけだから、別に俺まで遠慮しなくてもいいかなとも思ったのだが、俺が一人になりたい時があるように、マリコさんだってきっと一人の方がいい時もある。この前は俺がたまたま通りかかって元気が出たって言ってくれたけどいつもそうとは限らない。そんなこと考えながら、ぶらぶら俺の新しい秘密の場所を探していたら、

「もう一回！」

鋭い声が聞こえた。

材木の陰に回ってそっと窺（うかが）うとミユキさんと、ペアを組んでいる娘役さんの姿が見える。どうやらリフトの練習をしているようだ。

「すみません。私が重いから……もっと痩（や）せます」

「いや、それ以上痩せたら、骨と皮ばかりになっちゃうよ。私の方がもっと腕力つけないと。それとタイミング。今は、なんかヨッコラショみたいになってるもんな、もっとスッと上がるようにしたいんだ」

と言って、また持ち上げてそのままグルグル回る練習を始めた。

王子様とお姫様も大変だな、ここはきっと、ミユキさんたちの秘密の練習場所だなと勝手に決めて、気付かれないように俺はその場を離れた。


洋子の話だと、マリコさんもミユキさんもようやく銀橋を渡ることが出来るようになったくらいらしい。ところが、格は同じくらいなのに、衣裳の華やかさだけでなく、舞台の立ち位置、フィナーレの際に大階段を降りる順番も少しずつ違うそうだ。

「親御さんや親戚の人も観ると二人の違いがわかるんだろうな」

「ファンの方が詳しいと思う。羽根の大きさや飾りの数まで数えてるみたい。ミユキさんのファンもマリコさんのファンもお互いがライバルだって知ってるから、どちらが先に出世するかやきもきしてるそうよ」

はあー、考えただけで大変だなあと思う。お衣裳部さんは、俺たち、大道具よりもずっと情報通だ。マリコさんとミユキさんは同じバレエスタジオの出身。年も同じ。でも、ミユキさんの方が入団は早く、上級生。マリコさんがスピード出世で追いついてきた……という情報は全部洋子が教えてくれた。

「俺は、どっちかと言うとマリコさんの方を応援したいな」

「差し入れくれるから？」

「……まあ、それもあるけど……、エリートより雑草の方が好きって言うか。マリコさん、同じ年なのにミユキさんに先に宝塚入られて悔しかったと思うよ。でも、それを努力で追いついてきたんだろ？　根性あるじゃん」

「でも、ミユキさんだって陰ですっごい努力してるみたいよ。衣裳合わせで背中触った時、筋肉のつき方、すごかったもん。あれ、相当筋トレやってると思う」

娘役さんをリフトし、くるくる回る練習を何度もしていた姿を思い出した。そしてついでに王子様が腕立て伏せをしている姿も想像してしまった。

「でも、やっぱり俺は負けてる方を応援するな。いっつも俺はそう」

「ふ〜ん、日本人だねえ。私はミユキさんの筋肉にフラッとなっちゃったけどなあ」

「筋肉なら俺の方がすごいに決まってるじゃん。ちょっと触ってみ」

腕まくりをして力こぶを作ってみせる。

「オーッ、すごいね。カッチカチだね」

洋子が目を丸くした。王子様に勝ったと俺はちょっと満足だった。


最近、自分を生かせる道を発見したような気がする。舞台の仕掛けを手動から電動にする。これが自分のスキルを生かす道なんじゃないか。

大阪の『でんでんタウン』に暇さえあれば出掛け、何か使えるものはないか探す。発光ダイオード、モーター、コード、スイッチ……以前は小遣いをやりくりして買っていたものが、今では、領収書がもらえる身分になった。それらを作り替えたり組み立てたりしながら、ちょっとおもしろいものが出来ると、

「どうだ。俺の発明品」

と洋子や翔、健太たちに自慢した。


宝塚の特長の一つは『早替り』だなと思う。大劇場や東京宝塚劇場には、衣裳部屋の他に、舞台ソデの所に「早替り室」というのがあるくらいだ。

洋子たち、お衣裳部さんは糸をつけた針をたくさんベストの下の方につけている。早替りのために生徒が飛び込んでくると、取れたボタンをつけたりほつれを直したりを同時にするのだそうだ。

生徒が飛び込んだと思うとあっという間に衣裳だけでなく鬘やブーツまで替えて飛び出して行く。まさに早替りだ。

「だんだん慣れてくるとね」

洋子が言っていた。

「この生徒さんは先にブーツを脱ぐなとか、この人はジッパーを下げるのが先とかわかってくるのね。ブーツが先の人には、脱いでいる間に背中のジッパーを下げてあげたり、ジッパーが先の人には、その間に靴を履き替えさせてあげたりするの」

「一人一人の癖に合わせて手伝うんだ！」

「そうだよ。そうじゃないと出番に間に合わなくなっちゃうもん」

すごいねと思ったら、急に洋子に何かプレゼントしたくなってきた。でも何を贈ったら喜ぶだろう？　何がいいかアドバイスをもらおうと思って、マリコさんの秘密の練習場所に行ってみた。陰からそっと覗いてお邪魔そうだったら黙って退散すればいいや、と思ったのだ。

材木の陰から覗くと、マリコさんがミユキさんを思いっきり殴っているのが見えた。

「やめろ！」

反射的に叫んでいた。ダッシュで駆け寄る。

「駄目っしょ！　いくらライバルでも殴ったら！」

まったく似合わないと思っていても怒鳴らずにはいられなかった。あんたたちはタカラジェンヌなんだぞ。誰も見ていないからって……それはないっしょ！

ポカンと俺を見ていた二人がお腹を抱えて笑い出した。

えっ、俺、なんか間違えた？

「もう、マリコ、あなたねえ、ここなら誰も来ないって言ってたじゃないか」

「……ああ、おかしい。ミユキちゃん、この子なら大丈夫。大道具の原口君。この子しか来ないから……」

「でも、この子が本当の喧嘩に見えたんだったら、パンチ上手になったのかもね」

へっ、もしかして芝居の稽古？　顔から火が出るとはこのことだ。

「そうだよ。マリコ、今までちょっと遠慮入ってたからね。手加減してたら駄目だよ。やっと、本気モード出てきたんじゃない？」

「当たっちゃうと大変だから、つい、ね……」

「大丈夫！　こっちも必死でよけるから！　原口君だっけ。せっかくだからちょっと見てて」

そう言ってミユキさんとマリコさんがファイティングポーズで向き合う。間合いをじりじりと詰めて、マリコさんがパンチを繰り出す。ボディに一発。うっとうめくところをすかさず顔面に一発。ミユキさんが吹っ飛ぶ。ガバッと跳ね起き、どうだった？　と二人してこっちを見、俺はパチパチと拍手し、カッコいいっすと言った。

「原口君、見るからに喧嘩強そうだもんね。ちょっと教えてもらっちゃおうか？」

と二人に手を合わされた。

ボディブローは、腰をこう入れて、レバーの所を狙うと効くっス。……実戦で使うわけじゃないからね。寸止めだよ、寸止め。ダメージよりも見た目なんだよ、わかる？　……はあ、わっかりやした。

原口君、キックも教えて。回し蹴り、やってみて。……はい、こんな感じです。おー、今、聞いた？　ズバッて音がしたね。

こんな感じで二人に喧嘩テクニックを伝授した。中坊の頃から喧嘩三昧だったのが、こんなところで役に立つとは……。まったく人生、何が役に立つかわからない。

二人のローリングソバットは、俺よりはるか高いところで弧を描く。頭上で二人の脚が

交差するのは、鳥肌もののカッコよさだ。だけど、あんまり二人がドヤ顔してみせるので、

「スピードと高さはあるけど、破壊力はイマイチっすね」

と言ってやった。

「だからあ、破壊しなくっていいんだって」とまたあきれられた。

「原口君、今日はどうもありがとう。今度、お礼に美女二人でご馳走するからさ」

「えっ、男二人での間違いじゃないっすか？」

瞬間、すごいパンチと蹴りが両サイドから飛んできた。寸止めじゃなかったら放った方も自分を痛めてしまうような鋭さだった。

「今日のコーチがよかったからね。様になってきたでしょ？　それからマリコと一緒にここで練習してたこと、誰にも言っちゃ駄目だよ。急にうまくなってみんなをびっくりさせたいからね」

とミユキさんが言えば、マリコさんも、

「そうそう。原口君も、もうここ来ちゃ駄目だよ。何か個人的に連絡したいことがあったらメールして」

とメアドを教えてくれた。マリコさんの腕にたくさん痣があったが気付かないふりをし

て、

「ミユキさんには、ここは秘密じゃないんですね」

と言ってみた。

「ミユキちゃんは心得てるからさ。私と一緒じゃないと絶対ここには来ないよ」

「そうです。心得ております」

本当に今日はありがとうございましたと二人で丁寧に頭を下げて、じゃあと肩を組んで行ってしまった。なんか昔、外国映画で観た、仲の良い男子学生二人組みたいだった。

『雪篭（ゆきかご）』というのがある。雪や花吹雪（ふぶき）を降らすために、舞台上にセットする竹で編んだかごのこと。かごを揺らし、中に入れた大量の紙を舞台上に散らすために、仕掛け紐を人がソデで操作する。俺はこれを何とか電動に出来ないかと常々思っていた。そして、ふと、思いついた。電動のゆりかごでいいじゃないか。

赤ちゃん用品専門店を探し回り、ようやく見つけた。

店員に頼んで動かしてもらう。理想的な揺れ方に思わず、

「う〜ん、これいいなあ」

と呟いてしまう。

「そうです。お子さん喜びますよ……それにしてもお若いパパさんですねえ」

店員が揉み手する。リーゼントに虎の刺繍(ししゅう)のジャンパーの兄ちゃんがゆりかごをチェックしてるのがおかしいのだろう。

だけど恥ずかしがってる場合じゃない。どうしても構造が知りたくて自腹を切って購入することに決めた。

「お子さん幸せですねえ。若いのにいいパパさんだ」

とレジでまた言われ、苦笑する。

作業場に持ち帰り、すぐに分解してみる。ふ～ん、こんな構造になってんのか、なるほどねーとぶつぶつ言っているところに、昼休みで洋子が遊びにやって来た。

「何それ？　ああ、ゆりかごじゃない。どしたの？」

電動雪篭の試作品の製作中だと言うと、

「えっ、そういうのって人力なの？　このハイテクの時代に？」

とびっくりする。

「いや、ただ降らせるだけなら簡単なんだけど、必要な時に、必要な量が降るようにするには、人間がやらないと心配なんだよ。微妙なさじ加減というやつがね。それになあ、こういうのって専門に作って儲かるもんじゃないだろ、だから機械にするには、自分で作らないとね」

「へー。それでいろいろ試行錯誤してるんだね。なんか素敵だね」

「やめろよ。照れちゃうでしょ」

ようやく試作品を完成させた。リモコンで遠隔操作出来るようにしたところが手柄だと自分でも思う。試作品を、大道具だけでなく演出部や照明部他、主だった人たちに見てもらう。いろいろチェックは入ったが、十分修正可能ということで合格点をもらった。いや、合格点どころじゃないな。初めて先輩たちに「でかしたぞ、原口！」と褒めてもらった。翔と健太も「原口さん、すごいっすね」って連呼し続けている。これで出入りの業者に発注出来る。もう、きっかけに合わせて紐をゆさゆさしなくてよくなった。ミスも少ないため、俺の開発は、企業秘密ということになった。

「褒美は何がええ？」と聞かれ、

「ハラグチ一号って命名してもらいたいっす」

とクールに答えてやった。

ある日、洋子が「あの電動ゆりかごまだ使える？」と聞いてきた。

「バラしちゃったからなあ。まあ、組み立てれば使えるとは思うけどな……。なんで？」

「私たちの赤ちゃんに使えるかなって」

みるみる顔がトマトみたいになっていく。

「お医者さんに行ったら、おめでただって」

「おめでたって……俺の子か?」

「決まってるでしょ！　もう、他に誰の子だって言うの！」

「ごめんごめん……じゃあ、結婚しようか?」

「えー、もっと素敵なプロポーズ期待してたのになあ。じゃあ、ですか?」

「洋子がびっくりさせるから、こっちだってあせったんだよ！　心の準備とかさせてくれ！」

そんなふうにして俺たちは夫婦になった。

まもなく娘が生まれた。どうせなら母ちゃんに似てくれって思ったが、今のところはどっちに似てるかなんて俺にはわからない。でも、早くおっきくなれ、父ちゃんがいろんなおもちゃ作ってやるからな、と力が漲ってくるのを感じた。

「なんかなあ。おっきなスロットマシーン作れへんかな?」

柴崎という若手演出家が事務所に相談に来た。

「あー、そんなんやないねん。はずれ、はずれで最後に大当たりが出て、ジャラジャラと人間が金貨になって出てくるようなやつが欲しいねん」

柴崎がイメージするものを説明すると、相手が若造だと思って、先輩たちは鼻で笑った。

「柴崎さん、そんなん無理やなあ。リアルなやつやろ？　リール回るところをリアルにするのは木ぃで作るんは無理やわ。大きないとあかんのやろ？　チャッチイのん作ると、あれや、仮装大賞みたいになってまうで」

「そっか、無理かあ。カジノのシーンで出したいねんけどなあ」

演出家の柴崎センセが渋い顔して引き上げていくのを俺は追っていった。

「あの……さっきのカジノのスロットマシーンのことなんですけど、俺、考えがあるんです。ちょっとやってみてもいいですか？」

「ほんまか？　金ぎょうさんかかったらあかんねんけど、大丈夫そうか？　ほなちょっとやってみてえな。あっ、ほんまもんはあかんよ。金属はあかん。人が入れるような大きいの作るとコストも重量も大変やからな。あと、電気仕掛けにしたらあかんよ。原口君、電気得意みたいやけど、今回はあかん。モーター使うて本番でちゃんとゾロ目が揃わんかったら駄目やからな。電気に頼らんと、確実に最後はゾロ目になるようにしてな。それからやな、パチスロみたい味気ないやつはあかんで。ビデオスロットなんてもってのほかや。デジタル臭出したら嫌やねん。ちゃんとした古いタイプのリールマシンで頼むわな。それから、原口君、ギャンブル強いかもわからんけど、リアルじゃなくていいねん。ほんまのスロットはそんなんちゃうとか言わんといてな。あくまでも俺の欲しいやつはさ、速度を落として、ハラハラドキドキしながら、ゆーっくり止まるっていうそこ大事にしてな……それから……」

つばを飛ばしながら、熱弁をふるう柴崎の説明には、正直、無茶苦茶(むちゃくちゃ)言うなあと思ったが、かえって闘志が湧いてきた。得意の電動は封印だけど、先輩たちが無理だって言った仕事だ。何が何でも俺が作ってみせる。おし、やったろうじゃないかと気合を入れた。

柴崎の演出プランでは、スロットは一回目はハズれ、二回目もハズれ、最後の金貨を賭けての大勝負で大当たりが出るようにしなければならない。それも最後は、左端が「7」で止まり、その後、真ん中も「7」で止まり、最後の右端の「7」がゆっくり行き過ぎて、それからゆらゆらと戻って気を持たせて揃うようにしてほしいのだそうだ。

やはり、オートマチックで柴崎の要求通りに二回はずし、三回目だけゾロ目を確実に出すのは難しそうだった。やっぱ電気仕掛けはやめようと腹をくくった。

翔と健太を緊急招集する。事情を説明し、手伝ってほしいと言うと、「俺らスロットマシーンプロジェクトチームってわけ?」と嬉しそうにした。

「よーし! まずは、仕掛けだ」

勝算がないわけではなかった。自転車のチェーンの原理を使うとうまくいくのではないか、と踏んでいたのだ。人力で回し、手を放してもしばらくゆるゆると回り続ける感じが柴崎の要求していることに近いのではないか……初めからそんな気がしていたのだ。自転車のチェーンを改造し、リールと連動させる。スロットの絵柄を貼り付け、本体の後ろに翔と健太をスタンバイさせる。

「おっしゃ。回せ!」

裏で二人がペダルを手でグルグル回す。手を放しても惰性でしばらく回り続ける。いい感じだ。ゆっくりゆっくり止まる感じが、たぶん柴崎の要求しているものだ。いけるという手応えを感じる。

「いいじゃん」

交代で表に回り、絵柄が回り、だんだん止まっていく様子を見合って「いいじゃん、いいじゃん」とはしゃぎ合った。

次は、うまく「7」で止める仕掛けを考案しなければならない。

「ストッパーだな」

「だな」

「だな」

三人の意見が合致する。

ガツンと急停止しないように、〝遊び〟をどうしようか悩んだが、ああでもない、こうでもないの末、自転車のハンドルのようなY字のストッパーを作ってみた。それを各自二つずつ持ち、上下で挟み込むようにして止める。行ったり来たりゆらゆら止まるように何度も練習する。

「おし！　大当たり出そうぜ！」

左を担当した俺が「7」が行きすぎる前に、下からY字ストッパーをぶつけ、跳ね返って上に戻ろうとするのをY字で上下から挟み込むように捕まえる。大急ぎで表に回って首尾を見守る。

真ん中担当の健太もうまく「7」を捕まえた。最後は翔が、「7」が行きすぎると若干強めに押し戻す。それから逆にちょっと押し戻す。そしてだんだんと捕まえて……おっ、おっ……出たあ！　大当たり！　すごい！　すごすぎる！　俺たちって天才！　イエーッとハイタッチし合いながら、はたと気が付いた。これは仕掛けを作ればそれで終わりというわけではない。どうしても裏で操作する人間が必要だ。それもエキスパートが……。

演出部や舞台監督、大道具の先輩たちを集めて仕掛けの首尾を見てもらう。

ショーの演出に合わせて、一回目は絵柄がバラバラではずれ。二回目は7が二枚で惜しいところではずれ。三回目もダメかと思いきや……777で大当たりという段取りをやってみせた。

「オーッ、たいしたもんや」とどよめきが起きる。

柴崎も「グレート！　お前らグッジョブ！」と何だかよくわかんない興奮の仕方をしていた。予算が決まり、ゴーサインが出る。後、責任をもって最後まで完成させるようきつく言われた。ここぞとばかり猛アピールする。俺ら三人が必ず裏にいないとうまくいかないことを認めさせないといけない。

「けっこうテクが必要です。誰でも出来るというもんではありません。俺ら三人のうち一人でも欠けたらうまくいかんようになります」

「んー。常時三人こっちに取られるんか。最低でも一年、お前らも舞台貼り付きになるか。それは厳しいなあ」

「だけど、俺ら三人がやらんことには、絶対、ミスが生じます。最後に大当たりになって金貨ジャラジャラにならんとこのシーン台無しになりますよ」

脅しに近い嘆願で、やっと渋い顔をしながらもOKが出た。まんまと三人で公演中全て舞台に貼りつく権利をせしめた。俺達も宝塚歌劇の舞台に立つわけだ。たとえセットの裏にいて、姿はお客さんには見えなくても、生徒さんたちと一緒の舞台に居られる。それだけで幸せだ。俺たちは小躍りした。さらに、嬉しいことに翔と健太と一緒に全国を旅回り出来る。これは楽しいぞ。楽しすぎる。裏方はいつも全国ツアーは最少人数しか行けないのに、俺たちがいないと舞台が成り立たないのだ。三人共だ。もう、嬉しさ最大級になっている。

「おい。俺らいないと、このスロットマシーン動かんぞ」

「ということは、東京でこれ使うときは、俺ら全員、仕方ない、東京に行ってやる……てな感じ？」

「東京だけじゃない。全国どこ行くのにも俺ら三人必ずいないと駄目ってこと？　マジかよ」

「クーッ。期待されるってつらいねえ。まず名古屋で何食う？」

「そりゃあ、お前、やっぱ、味噌煮込みうどんでしょ？」

「あと、手羽先。名古屋コーチンってやつ？」

「あと、えーとなんて言ったっけかな……そうそう、ひまつぶし、ひまつぶし、あれ？

ちょっと変?」

「あほか。学がない奴は、これだから困るねえ。あれは、ひつまぶしって言うんじゃ、ぼけ」

「名古屋の繁華街なんて言ったかな……たしか……栄?」

「パチンコするぞお」

「何言ってんだよ。お前、宝塚でも暇さえあればパチンコじゃねえかよ」

「名古屋だけじゃないぞ。博多だって行くぞ。中洲だあ」

「おう、お前ら、地元のアホンダラどもになめられんなよ。気合入れて行けよ」

「おう」

俺たちは、修学旅行気分で、お互いの頭をはたきあったり尻を蹴飛ばし合ったりしてはしゃぎまくった。

宝塚大劇場での初日が開いた。図面も自分で引いた初めての舞台装置。普段よりもずっと心を込めて、電飾を三割増し豪華にしてしまう。ラッキー7が出ると、ゴージャスに光り輝くのだ。

「原口さん、いいもん出来ましたねえ」

ヨイショだとわかっていてもニヤケてしまう。

ショーの中盤。バトンに吊られたスロットマシーンが降りてくる。俺たち三人はY字ストッパーを二個ずつ持ち、裏に回る。その後、すぐに金貨役の組子たちがやってくる。

彼女たちの衣裳には大きな金貨がたくさん付いている。金貨チョコレートの大きい版だなと見る度に思う。お衣裳部さんたちが総出で付けたものだ。洋子も一緒になってテグスで付けてくれた。

両手にY字ストッパーを持ってしゃがんでいる俺たちににっこり挨拶をして彼女たちもスタンバイする。

キラキラスーツ姿のマリコさんとミユキさんが、カジノでなけなしの金を使って最後の大勝負をするという芝居をしている。

そうなのだ。これまた嬉しいことに、この場の芝居はミユキさんとマリコさんが務めてくれている。

まず、マリコさんの勝負。俺たちはせえーのでグルグルペダルを回し、手を放す。あとは「7」が揃わないように気をつける。

次はミユキさんが勝負。今度は俺と健太が「7」を出すが、翔は絶対「7」を出さないように気をつける。マリコさん、ミユキさんは、

「もう、全然お金がない。スッカラカンだ!」

と泣き崩れる。が……ふと落ちているコインに気付く。祈りを込めて最後の勝負。まず俺が「7」を出す。健太もドジることなく「7」で止めた。二人で翔の背後に回る。

「よし、今だ!」

慎重に翔がストッパーを差し出す。ちょっと「7」が通り過ぎ、マリコさんとミユキさんが「あーっ」と悲鳴を上げる中、翔が器用にストッパーをあやつり上と下から徐々に「7」を固定する。

ファンファーレが鳴り響き、マシーンのコイン排出口のすべり台から金貨役の生徒たちが舞台にすべり出てくる。歓喜の歌とダンスが始まる。

マリコさんの歌が場内を盛り上げ、ミユキさんのダンスがはじける。

俺たちはハイタッチをかわし、素早くはける。客席から沸き起こる信じられないくらいの大きな拍手に叫びだしたくなる。

マリコさんとミユキさんのお芝居もすごかった。火花を散らす演技合戦がファンの間で大きな話題になっていた。

宝塚大劇場、東京宝塚劇場の公演が終わり、いよいよ全国ツアーだ。

束の間の休息日、一日中、娘をあやして過ごした。最近、俺のことをトータンと言えるようになっていた。

「トータンもカータンもな、タカラヅカの舞台になくてはならない人なんだぞ。だからちょっと留守にするけど……ゴメンな」

それを傍で聞いていた洋子が、

「トータン、頑張ってねって」

と娘の手を持ってバイバイさせてくれた。たくさん、家を空けることになるな。俺のこと、覚えていてくれるかな……。

劇場の廊下に全国ツアーのメンバー表が貼りだされた。覗いて俺はびっくりした。

マリコさんの名前がない。

どうしてだ？　あの、スロットマシーンの場はどうなるんだ？

いろいろ聞きまわって、マリコさんは宝塚に残り、バウホール公演の主演を務めることになったことがわかった。

なんでマリコさんなんだよ。俺がマリコさんと一緒に全国回れるのどんだけ楽しみにしてたと思ってるんだ。

頭に来て、ミユキさんの意見を聞こうと思った。前にリフトの特訓をしてたあそこならいるかもしれない。

……いた。勘(かん)が当たった。

「ミユキさん」と声をかけると、振り向いたミユキさんの目には涙がいっぱい溜まってた。

「どうしたんですか？」

びっくりしすぎて声が裏返ってしまった。

慌てて目元を拭い、

「ううん、何でもない。ちょっと目にゴミが入っただけ」

ミユキさんがニッコリする。

「そうですか……マリコさん、バウホール組になっちゃいましたね」

「そうだね。さっきマリコにおめでとうって言ったんだ」

「えっ、どうしてですか。マリコさん、全国ツアーからはずされちゃったのに」

ミユキさんは、フッと力なく笑い、

「原口君、何にも知らないんだねえ。バウでマリコは主演なんだよ……ということは、彼女はほぼ確実にトップ路線に選ばれたってことなんだよ」

血の巡りの悪い俺の頭でもこの瞬間、理解した。出世争いでマリコさんが、ついにミユキさんを追い抜き、逆にリードを奪ったのだ。

「でもね。原口君、私、頑張る。あのスロットマシーンの場好きだもの。日本中のいろんなところのお客さんが喜んでくれるように、王子様オーラ全開で頑張る」

俺は「その意気です！」と柄にもなく直立不動になった。

「それから、原口君、みんなの秘密の練習場所、知ってても顔出すのやめなよ。とくにメンバー表が貼られた日にはね。そのための秘密の場所なんだからね」

「わっかりやした」と、今度は敬礼する。ツアーの間、王子様を守る兵士になろう……そんな気分だった。

マリコさんの代わりには、サンバさんというベテランが緊急招集された。

何といっても芝居がうまい。マリコさんと組んでいた時は、丁々発止(ちょうちょうはっし)の掛け合いがすさまじかったが、サンバさんと組むと何ともいえないおかしみが出て、また違った深みのある良い芝居になったと俺なりに思う。何より大先輩に胸を借りてミユキさんが良い緊張感を持って臨んでいる。それが客席にも伝わっていると思う。

「お兄さんたち、今日も大当たりよろしくね」

サンバさんは、俺たちのリールの止め方で、芝居が左右されるのをわかっているから、よく声をかけてくれる。もうちょっと、ゆっくりしてくれた方が合わせやすいとか、今日は最高にいいタイミングだった、バッチリだったとか、毎回アドバイスをくれるので俺たちも励みになる。

ミユキさんは歌でもよく頑張っている。さらに、得意のダンスでは、相手役がこれまたダンスの得意なサンバさんなので、圧巻の光り輝くダンスシーンになっている。

われらの王子様は、下級生に先を越されても、全然くさってなんかいない。むしろ、行くところ行くところでますます多くのファンを獲得したようだ。

全国ツアーも無事終わり、また、洋子と娘と三人で暮らせるようになった。夜中、娘の寝顔を見ながら、ふと、思いついた。スロットマシーンの舞台のミニチュアセットを作ろう。そして、次の公演で退団が決まっているサンバさんに贈ろうって。

発光ダイオードを使ってスイッチでちゃんと電飾も光り輝くやつを作ってみた。我ながらよく出来た。ニマニマしてたら今度は悲しいことに気付いてしまった。マリコさんにもミユキさんにもいずれ退団する時が来るんだってことを。そんな日が来ちゃったら、俺、どうしよう。……そうだ。二人にも同じミニチュアセットを作って贈ろう。そして、

「この度は、おめでとうございます。長い間お疲れ様でした。本当にありがとうございました」

と心を込めて手渡そう。俺にはそれしか出来ないもんな。

深夜、部屋の明かりを消し、また作ったばかりのミニチュアセットのライトを点けてみる。

なんかお星様みたいだなあと思い、気色悪っと一人笑いをする。

娘の寝顔を見る。そして窓の外に目を向ける。

武庫川の向こうに星がたくさん輝いて見える。

娘よ。お前にもいつか、星をいっぱいちりばめたステージを、父ちゃんが心を込めて作ってやるからな。

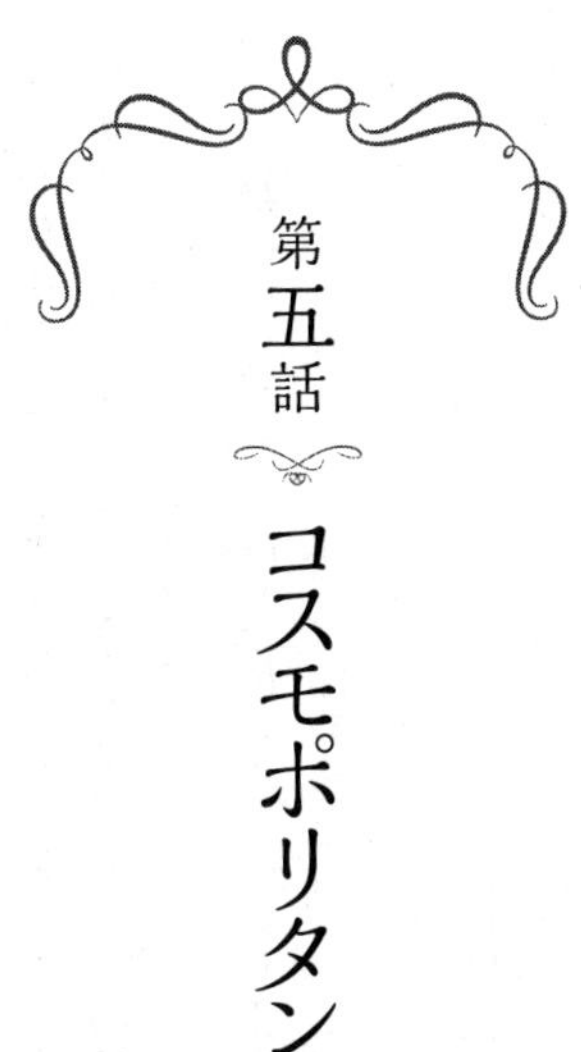

第五話

コスモポリタン

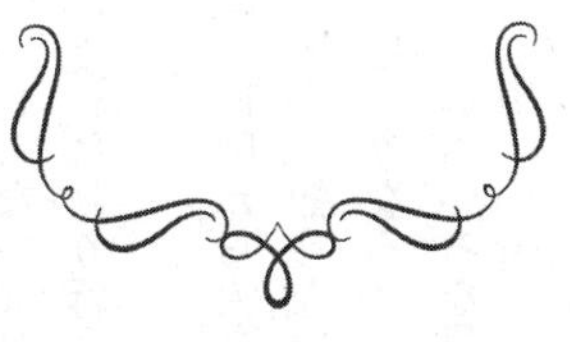

「宝塚歌劇団の制作……ですか？」

鍋島浩は狼狽していた。本社人事部に長年勤めている自分が、まるで知らない異動があるなんて思わなかった。そうか、異動というのは、本人にわからないように執り行われるのか……思ってもみなかった。

うちの部の一体誰が考課したのだろう。ありえない人事だ。適材適所の原則から大きくはずれているだろう。ずっと本社勤務だったのに、なぜ？　この年でまったく知らないところで、一から仕事の覚え直しか……。これまで培った仕事のスキルはどうなる？　いや、まったく畑違いの仕事だ。今までの経験は役に立ちそうにない……。いろいろな思いが交錯する。

「今度は、また本社からなんやて。なんもわからん素人のくせに、どうせえらそうにすんのやろ。ほんまにかなわんな」

隣の洗面所の会話が筒抜けである。ああ、俺のこと、噂してるんだなとため息をついた。かなわないのはこっちだって同じだと再度ため息が出る。

もともと、演劇を観ることは好きだった。とくに海外から名の通ったカンパニーが来日すると、どんなに忙しくても必ず観ることにしていた。それなのに宝塚歌劇は、これまで一度も観ていない。ミュージカルは海外が本場で日本のものは数段落ちると思っている。ましてや女性だけで演じるミュージカルなんて言っちゃ悪いが、女子どもが観るもので、レベルは大したことのないものに決まっている。しかし、どちらにしても趣味の話に過ぎない。舞台芸術を成功させることが俺に出来るとは思えない。入念に手を洗い、顔をばんばん叩いて気を取り直し、制作のミーティングルームに向かった。

「人事部という、全然畑違いのところから参りました。正直、戸惑っております……。右も左も何もわかりませんが、何卒よろしくお願いいたします」

と自己紹介すると、お義理の拍手とともに若干の苦笑で迎えられることになった。俺のけげんな様子に気付いたのか、

「鍋島さん。畑違いのところから来たのは、あなただけじゃないよ。ここにいるみんなそうだ。……俺は鉄道に長いこといた」

「私はデパートでした」

「本社の経理からですねん」

「ホテルマンでした」

期せずして彼らの自己紹介は元いた部署の告白付きになった。彼らは、各組の先輩プロデューサーたち。宝塚は五組あるので、俺を含めた五人が部屋の中でたいした盛り上がりも見せずに座っている。その後、しばらく沈黙が続いてしまったので仕方なく口を開いた。

「あの……演目や演出、配役なんかはどうやって決めたらいいんですか？　恥ずかしながら私、一度も歌劇を観たことなくて……またそれ以上に舞台関係の専門でもなく。いや、もちろんこれから一生懸命勉強しますけど、皆目見当がつかなくって……」

また、四つの顔になんともいえない苦笑いの表情が浮かぶ。

「そういや、皆ここに来る前は、歌劇観たことなかったですよね」

「何か、男が観に行くのは恥ずかしかったですもんねえ」

「それがねえ、仕事とはいえ、毎日のように観る羽目になる……人生ってわかんないですよね」

それから思い出したように『花組さん』が言った。

「鍋島さん、ご心配の演目、演出、配役……今、あなたが言われたことは、我々が決めるわけではないのですよ。そう、何といったらわかりやすいかな……中身の部分、芸術面に関しては、我々の仕事ではないのです」

開いた口がふさがらなかった。では、宝塚のプロデューサーの仕事っていったい……。

「宝塚の制作の仕事？　まあ、ゆうたら労務と人事やな」

「労務と人事ですか……」

「そう、労務というのは、まあ、生徒さんたちの環境を整えることかな。移動のバスの手配とか、全国公演の宿舎の手配とか……まあ、全部大事な仕事ですなあ」

「そうですね……」としか言いようがなかった。

「それから人事というのはですね。……あっ、鍋島さん、本社で人事部にいらしたって言ってはりましたね。じゃあ、お手の物でしょう」

勝手に決められ、慌ててしまう。

「いいえ、同じ人事と言いましても、こちらの人事とはずいぶん違うのではないかと思っております。たとえば、配役を決めるのは、よほど目利きでないと出来ないと思うのですが……」

爆笑が起こった。

「いやあ、ごめんごめん。笑ったりして。悪気はないんだ。ただね、そういうのは全部演出家が決めるし、主役は、もうトップさん……主演男役って決まってるからねえ。……私たち、制作のやる人事っていうのは、言うなれば……」

言いにくそうにするのを引き取って、

「言うなれば、肩たたきなんだ」

と一番古株である『雪組さん』が答えた。

肩たたきですか！　とびっくりする俺を制して、

「毎年、音楽学校に四十人入学する。単純に計算すれば、毎年、四十人辞めてもらわなければならない。五組で割ったら、一組平均八人くらいか……。私たちが辞めてもらう生徒を決めて因果（いんが）を言い含めなければならない」

「鍋島さんは、人事部でリストラを担当したことがありますよね？」

『星組さん』が口を挟む。

「はい、それはもう。これまで、それが主な仕事だと言ってもいいくらいです……」

「まあまあ、そんな悲痛な顔をしなくても。たいていは芸能人になるか寿（ことぶき）退団してくれるから、こちらが因果を言い含めなければならない生徒は、そんなには多くないんですよ」

リストラ……華やかなタカラジェンヌたちが最後はそんな憂（う）き目にあうなんてこれまで考えたこともなかった。

これまで人事部で、容赦（ようしゃ）ないリストラを担当していた自分である……もしかして、その手腕を買われたのか？

　俺にいろいろ説明をしてくれていたせいで大幅に会議が長引いてしまった。終了後全員でトイレに直行する。

「ああ、それから鍋島さん。よく生徒からいろいろ相談されたり質問されたりするけど、私ら素人じゃないですか。だからあんまりまともに答えたらいけませんよ」

「はあ、ではどのように対処したらよいかご教授願いたいのですが……」

「たいていは役についての直訴だよね。なぜ、もっといい役もらえないのかとかそういうの。でも、演出家が決めちゃうんだよね。こっちに言われてもねえ」

「そういう時は、どう答えればいいですかね？」

「プロデューサーとしての手腕をはかっている場合もあるからね……そういうのは全体のバランスを考えて決めていて、必ずしも個々の実力では決まらない……とでも言うのが無難かなあ」

「組織論というか一般論ですね……それで納得してもらえますか？」

「納得せんかったら『冗談は顔だけにしとけ』とでも言ったらええわ。前な、男役から娘役に変わりたいというのが来たことあんねん。そう言ったら最後まで男役で頑張り抜いたで」

ガハハという馬鹿笑いに、愛想笑いで追従する。

手を洗おうと最後尾に位置していると、また隣から声が聞こえてきた。

「どうせ、素人なんやろ。なんもわからんのにえらそうなこと言うんやろな……」

こちらの声も聞かれたか？　皆、困ったように俺を見て、慌てて眼を逸らした。

アウェー感が充満する中、汗をかきかき組子たちに着任の挨拶をした。その後数週間、自分の組の舞台や稽古を出来るだけ観て、組子の名前と顔を一致させることに努めた。芸名と本名、さらに愛称があるので、全部覚えるのが一苦労である。何せ、年度の終わりには、嫌な役目が待っているのだ。組子のことはよく把握していなければならない。しかし、誰が衰えていてもう使い物にならないのかを見極めようとするも、さっぱりわからなかった。素人目には誰も彼も皆、素晴らしい技量の持ち主に見える。いったいどうすればいい？

演出部や振付師に、

「誰の肩を叩いたらいいでしょう？　内緒で教えていただけないでしょうか？」

と聞いてみたが、

「そんな、生徒の首切りの片棒担(かつ)ぐの嫌やな。鍋島さんの判断でええんやないか」と言われた。そうだ。確かにこれは俺の仕事なのだ。

ある日、稽古終わりの廊下で洗礼を受けた。

「私、絶対ダンスは自信があるし、成績も良いのにどうしてショーで役がつかないんでしょうか?」

来たか! 直訴だ。先輩は適当にはぐらかせと教えてくれたが、やはりそれは許されないだろう。俺は、人事に関していつも精一杯誠実に仕事をしてきた。それだけは誇りに思っている。

「それは、演出家の権限だ。訴える相手が違うでしょう」

これが今の俺に出来る最も誠実な答えだ。しかし、彼女は簡単には引き下がらない。

「演出の先生や振付の先生には、もう何度も伺ってるんです。でも、納得のいく回答をいただいたことがありません。プロデューサーが舞台全体の責任者でしょ。だから鍋島さんに答えていただきたいんです」

この娘は、確か……サンバという愛称だったな。男役にしてはどう見ても小さい彼女が思いつめたような眼差(まなざ)しで訴える。

俺たちは舞台の中身に関してはなんの権限もないんだよ。俺から演出や振付に評価の見直しを指示するなんて出来ないんだよ……と本音が出かかった。しかし、俺が発した言葉は、

「ショーは、テクニックだけでなく、見た目も重要だから……。あと、周りとのバランスも。だから、ダンステクニックの優劣だけでは決められないんだよ」

というものだった。

知ったかぶりをしやがって。そう思ったのは彼女か、俺自身か？ きっとなってサンバは俺に言い放った。

「私、ダンスが好きで宝塚に入ったのに、ダンスが出来ないんじゃ……娘役に転向します」

「冗談は顔だけにしろ！」

言った瞬間に後悔する。しまった。聞いたことをそのまま繰り返しただけだ。泣かれると思った。しかし、彼女は気丈にも、「失礼します」とだけ言ってその場を去って行った。

実に嫌な気分だった。感情的になって女性にひどいことを言ってしまった。まったく仕事の出来ない奴の典型だな……と自嘲する。とてもとてもこのまままっすぐ家に帰る気

にはなれなかった。

結局、ホテルのバーラウンジに行くことにした。出来るだけ高いところで夜景を眺めながら飲みたい気分だった。

窓際の席を頼み、ビールを飲み干す。次はカクテルが飲みたい。マンハッタン、べたな酒だ。

学生時代、ニューヨークに留学していた頃のことを思い出す。

五番街、タイムズスクエア、ウォール街、摩天楼(まてんろう)……ビッグアップルは「人種のるつぼ」とよく言われるが、それは決して誇張ではなかった。イタリア系、中国系、ユダヤ系、プエルトリコ系……皆、雨の中、傘もささずに忙しそうに走り回っていた。ここでは、自分が日本人であることなんか意識しなくてもよい。皆、自分の国籍を忘れ、ただのニューヨーク市民になっている。そんな巨大なエネルギーを感じさせる街が大好きだった。俺も絶対ここの住人になろうと思った。別にアメリカ人になりたいわけではなかった。ニューヨーク市民になりたかったのだ。

しかし、今、俺はどっぷり日本人になっている。典型的な日本のオヤジとして、セクハラまがいの言動を若い女性にしてしまっている。俺の人生、どこでこうなっちゃったんだろうなあ。

宝塚の夜は更けていく。武庫川の水面(みなも)が光って見える。まったく日本的な情緒満載ってやつだ。

ニューヨークの煌(きら)めくネオン。あの乾いた空気感が無性に懐かしかった。

何よりも嫌な仕事、それは、「肩たたき」。

本社の人事部にいた時には、紙一枚出せばたいていは事足りた。しかし、ここではそうはいかない。あくまでも本人が自分で辞めると言わなければならないのだ。

「肩たたきのやり方、ご教授願えませんか？」

「私は、そうだなあ……最近、ダンスのキレが悪くなってきたな、なんていうのをよく言うな」

「それで、大丈夫なんですか？」

「たいてい、それで察してくれるけどね」

「でも、私、ダンスなんて素人ですから、キレがどうのとかよくわからないんですが……」

「そんなの俺もわからないよ。俺だって素人なんだから。でもその素人に言われるから、ああ、もう私駄目かもって思うんじゃないのかなあ」

「…………」

しかし、どうしてこの娘たちは、こんなに練習の虫なのだろう。この前なんかバレエのバーレッスンでプリエをして体を下に深く沈めたと思ったらそのまま上がってこなかった娘がいた。どうしたのかと思って横から見てみたらしゃがんだまま寝ていた。それから、ストレッチのために床で仰向けになってそのまま熟睡というのもよく見ている。正直、呆れる。俺は仕事中に意識不明になったように熟睡してしまうほど働いたことはこれまでに一度もない。それなりに頑張ってきたという自負はあるのだが……。

しかし、これほど熱心に練習している彼女たちもいずれ退団しなければならない。それを後押しするのが自分の役目だ。どれだけ熱心に働いていても会社の都合で理不尽な人事が降りかかってくる。それとよく似ている。

いよいよその時が来た。古参の組子を部屋に呼んで切り出す。

「最近、ダンスのキレが悪くなってきたな……」

「そうですか？　では、もっと頑張ります」

えっ？　そ、そうだね……頑張ってね……と思わず言ってしまった。これじゃあ、全然駄目だ。察してなんかくれないぞ。次は、もっとはっきりわかるように言わなければならない。

「頑張ってるみたいだけど、キレは戻らないな。いくら努力しても駄目なら潮時じゃないか」

「すみません。お聞きしたいのですが、どの辺が駄目なんでしょうか？　納得出来るよう教えてください」

絶句した。なぜ、察してくれない？　俺にダンスの良し悪しなんてわかるわけないだろう。仕方がない、今度から「そろそろ、親御さんに花嫁姿見せてやったらどうだ」とでも言ってみることにするか？　……いや、それじゃ駄目だな。


嬉しいことがあった。多々良さんがうちの組の生徒監、いわゆる『お父ちゃん』になってくれたのだ。多々良さんは、俺が新入社員の時の研修担当教官で、俺は密かに師匠と呼んでいる人だ。

「ご無沙汰してます、鍋島さん。よろしくお願いします」

先に挨拶され、慌てた。

「いえいえ、多々良さん、そんなこと言われるとこちらが困ってしまいます。昔みたいにナベと呼んでください」と恐縮しても、「いやいや立場が前とは違うから。最初のけじめだよ。どうぞよろしくお願いいたします」とまた頭を下げられる。

入社早々の研修は、まず、車掌（しゃしょう）や駅員の見習いから始まった。

通勤・通学時に梅田駅のホームでいわゆる『尻押し』を行う。ドアに挟まっている人を見つけると両手で車内に押し込んで、安全確認完了合図の旗を揚げる。

こんなに多くの人がすし詰めで電車に毎朝揺られて会社や学校に行くのだ。この世の中は、そういう人々に支えられて成り立っているのだということを痛感させられた。

改札も担当した。通勤・通学者はほとんどが定期券を使っているので切符に鋏（はさみ）を入れる必要はないのだが、まれに定期券に交じって切符が差し出されることもある。瞬時に鋏を入れなければならないので、常時カシャカシャカシャカシャとせわしなく動かしながら、乗客の差し出すものを注視し続けなければならない。中には挙動不審の乗客もいる。

「お客さん、ちゃんと見せてください」

と言うと、慌てて逃げ出す者が相当数いた。定期の期限が切れているに違いない。ラッシュ時に追いかけることも出来ないので、放っておくしかない。しかし、向こうもそれがわかっているから、期限切れの定期を使おうとするのだろう。一回、二回の運賃をごまかそうとする気持ちがまるで理解出来ない。

そうかと思うと「定期券をちゃんと見せてくれ」と言うと、チッと舌打ちしてホレ！と更新したばかりの定期を目の前に突き出す輩も多かった。

「何、疑うとんじゃ、このボケ！」とよく怒鳴られた。

それならちゃんと見せろと思う。たぶん、期限切れの定期を駅員に見咎められたことのある者の意趣返しだ。朝の通勤時にそんな復讐をする心根の卑しさに触れ、こっちまで気分がささくれだってくる。

多くの研修担当者は、「どうせお前らは駅員にならないのだから」とろくに教えもせずに、ただ嫌がらせのようにしごくだけのことが多かった。しかし、多々良さんは違った。ちゃんと出来るようになるまで決して許してはくれない。わかるまで教え、出来るようになるまで何度もやり直しをさせる。

「お前らみたいに上に立つものが現場の心を知らなかったら、現場で働く者が報われへんからな」

というのが口癖だった。嬉しかった。

走馬灯のようにあの頃のことが思い出される。無性に話を聞いてもらいたくなった。

「多々良さん、お願いがあります。今日仕事終わりに一軒付き合ってくださいませんか？」

「そりゃいいけど……どうした？　何かあったんか？」

柔和な目が笑っている。

「不思議やな。ナベは昔っからそういう……飲み屋で一杯やりながら愚痴をこぼし合うみたいなの、ものすごく嫌いやったやんか。アメリカかぶれの奴はこれだから困るってよく言われてたな。……今はもう大丈夫なんか？」

「ええ、すっかりオヤジです」

苦笑する。そうだった。俺は会社の帰りに、同僚とちょっと一杯飲みに行ったりするのが大嫌いだったのだ。

俺の嫌いなもの……お座敷での宴会、社内運動会、接待ゴルフ……。日本のサラリーマンに付きもののそういうもの全てだった。ビジネスとプライベートは絶対分けたい。プライベートにまで会社や仕事のことを持ち込むのは日本人の悪い癖だと思っていた。どうして休日やアフターまで会社の人間と付き合わなければならない？

それなのに……。

赤提灯で痛飲した。多々良さんはじっと俺の愚痴に付き合ってくれた。

俺の呂律があやしくなってきた頃、ようやく多々良さんが口を開いた。

「ナベは、本社にいた時は、どんな心構えで仕事してたんかな」

「それは、人の人生を左右する仕事ですからね。評価を念入りにかつ公正に行い、そう、誠実に……誠実をモットーに行っていました」

「誠実か。いい言葉やな。今度もな、誠実にやればいいんちゃうかなあ」

「……お言葉を返すようですが……」

いかん。完全に呂律がおかしい。たぶん、お言葉はオコロバになっている。

「誠実にやりたいと思っても、こちらは舞台は素人じゃないですか。何もわからないのに、誠実になんかやれっこないですよ」

「……ナベはニューヨークに居る頃、ブロードウェイよく行ってたんやってな」

「そうです。ミュージカル大好きです。今でもよく観てます。でも、それはただの趣味ですし、プロの目をもってるわけではないし……」

「勉強すればええだけやないかなあ」

「だけって、そんな簡単におっしゃいますが……」

「ええやん。一生懸命、舞台観て眼ェ肥やして、研究もして、スタッフさんからいろんなことを教えていただいて……自分が精一杯考えてそれでやった肩たたきやったら、そう、誠意をもってしたことやったら必ず生徒さんたちに通じると思うけどなあ」

「………」

「ナベは研修の時も一生懸命やったな。覚えてるか？　運転士の試験」

覚えている。車掌だけでなく、運転士の見習いもやった。運転士になるための試験まで受けさせられた。どうせ、実物は運転出来ないのだから取りあえず合格でも良かったのだが、ついつい俺は真剣になってしまったのだ。

電車を走行させ、ポイントでブレーキをかけ、所定の範囲内で停める。ただ停車させればよいのではなくて、出来るだけスムーズに停めなければならない。立っている乗客が倒れてしまうような急停車では不合格になってしまうのだ。停車のスムーズさを判定するために、運転席の横に積み木を置いて、それが倒れないように停めることで加算ポイントが決まる。

倒れなければA合格。倒れても相当ひどい停まり方をさせなければB合格である。

どうせやるなら一番で合格したいと思い、ゲームセンターでイメージトレーニングしたり、実際に電車に乗って、子どもと争って運転席の真後ろに陣取り、運転士の一挙手一投足を真似したりして練習した。

試験当日、俺の番が来た。合図があり、試験用車両を試験用のレールで走らせる。今だ！　ブレーキレバーを操作する。ゆるやかでスムーズな減速で、車両は絶妙な位置で停まる。同期生が拍手する。指導教官の多々良さんも「鍋島、大変よろしい。合格！」と太鼓判を押してくれた。俺は最優秀で合格した。

　今でも電車に乗っている時には、停車の上手い下手が気になる。上手な停まり方をすると感心して、ああこの電車の運転士は熟練者だなと安心する。

「そうやなあ。ナベはアメリカに行って向こうのライフスタイルが気にいって、自分はドライな人間やと思っているようやけど、俺は同時に熱いところも持っとる奴やと前から思うとったよ」

　意識が朦朧とし、焼酎のグラスを置いた。それを見た多々良さんは、

「ああ、もうあかん。久しぶりに酔っぱらって年甲斐もなくいろんなことを喋りすぎたわ。鍋島さん、上司に向かって失礼ばかり申し上げました。そろそろお開きにしよう。年寄りは夜が早いから」

　そう言って、多々良さんは俺の腕を取って立ち上がらせた。いくら今日は俺の奢りでと言っても、きちんと割り勘にされてしまったのだった。

　うちの組のトップスターは人格者である。ファンに絶大なる人気を誇り、面倒見がよいので組子からの信頼も厚い。それでいて決して尊大ではなく、謙虚な姿勢を持ち続け、舞台に対してはとてつもなく厳しい。そんな彼女が常々俺にこう言っている。

「鍋島さん、私が衰えたなと思ったら遠慮しないで教えてね。そしたら私、ぐずぐずしないですぐやめるから」

　さすがだ。……しかし、問題は、今の俺では責任をもって引導を渡せないということだ。そんな眼力はない。わかりもしないで適当なことを言ってはいけない。俺の言葉は、彼女たちがこれまで人生を賭けて精進してきたものへの別れを決意させる言葉なのだから。それを伝える資格というものが俺になければならない。その資格を手に入れるためには、俺は努力をしなければならない。多々良さんの言うとおりだ。

　ダンス、オペラ、ミュージカル……必死に観まくるうちに、うちの、宝塚歌劇団のレベルの高さが徐々にわかってきた。海外から鳴り物入りで来たカンパニーと比べても全然遜色がない。いや、むしろうちの方がずっと上だと自信をもって言えることの方が多い。

　そして、それを支える生徒たちのミュージカル俳優としての力量の高さを思い知らされた。トップスターだけがすごいのではない。トップと同じぐらい歌もダンスも芝居もうまい生徒たちが脇を固め、献身的にアンサンブルを務める。それがうちの強みなのだと実感させられた。

　うちの組の新作が当たった。初めて制作した公演は、売れているのかウケているのかもさっぱりわからなかったが、今回は俺でもわかる。チケットの売れ行きが全然違う。

　とくに柴崎の演出したショーがやたら評判がいい。スロットマシーンが出てくるカジノのシーンがウケている。キレのあるダンスに定評のあるミユキ。日本人離れした声量と深みのある歌声で観客を魅了するマリコ。二人がこのシーンで丁々発止の掛け合いをするのだ。伸び盛りのライバル同士がしのぎを削るこのシーン、お客様が喜ばないはずがない。毎日観ている俺だってワクワクする。

　二人の勢いに引っ張られるように、皆張り切って舞台を務めている。

　宝塚大劇場、東京宝塚劇場の公演を大成功で終え、次は全国ツアーだ。メンバーをどうするか柴崎と相談する。全国を回っている間、柴崎はバウホールで新作をつくらなければならない。

「俺なあ、バウの主役、マリコでやりたいねん」

「えっ、スロットマシーンの場、どうするんですか？　ミユキとマリコであれだけ評判いいのに……」

「そやけど、今度の芝居なあ、主役が歌が上手くないといかん設定やねん。そやから悪いねんけどマリコはこっち残して。頼むわ」

「では、マリコの代わりは誰にします？」

「ナベさん、俺はな、サンバがええと思うわ」

「サンバですか？　柴崎さん、それは彼女に悪いんじゃないですか？　あんなベテランに若手の代役させたら……」

「せやけど、マリコの代わりはそんじょそこらの生徒じゃあかんやろ。第一、ミユキのよさが生きんようになるわ。大丈夫。サンバやったらそこんところようく心得てるわ。ミユキを生かし、マリコよりいい芝居にしよう思うてはりきってくれるわ」

「………」

　バウホール公演の主役……それは、マリコにとって願ってもないことに違いない。しかし、ミユキは出世争いでマリコに後れを取ったと強烈に思い知らされるだろう。全国公演に生徒監として同行する多々良さんにこれまでのいきさつを話し、よくお願いする。とくにミユキとサンバがくさらないようにくれぐれも気をつけてほしいと頼む。

「サンバもミユキもくさって下手な芝居するなんて、そんなことは絶対ない。全国のファンを誰よりも大事にする二人やで。そんなことあらへん」

　多々良さんは胸を叩いてみせた。やっぱり多々良さんは頼りになる。

「よろしくお願いします」

　俺はまた頭を下げた。

「鍋島さん。綱引きの特訓したいねんけど、誰かええコーチ知らんかな」

突然、柴崎が相談を持ちかけてきた。

「俺な、あんたの組の担当やんか。運動会の応援合戦とか入場行進とかな。そしたら情が移るというかなんというか、絶対優勝させたくなってきてな」

宝塚歌劇団では、十周年ごとに大運動会を催しており、今年がそれに当たる。会社の運動会にはどれだけ誘われても頑として出場しなかったが、これはまあ、ファン感謝祭みたいなもので……つまり仕事だ。その運動会が目前に迫っている。もともと、生徒たちは体育会系気質で闘争心も旺盛だ。ずっと競争社会を勝ち抜いてきただけに、組対抗競技にかける意気込みは半端じゃない。どの組も目の色が変わっていて、秘密特訓に余念がない。

「そりゃあ、小学校の先生……いや、自衛隊かな」

「自衛隊？　自衛隊が綱引きなんかやるんかいな？」

「前、聞いたことがあるんですけどね。なんか日本の自衛隊の綱引きの技術は世界レベルでも、相当なものらしいですよ」

「そしたら渡りつけてくれんかな。コーチお願いしようよ」

「……ええ、わかりました」

そこまでするかと苦笑しながらも承諾した。俺だって自分の組子が一番可愛い。優勝させてやりたい。

知り合いを頼って話をつけた。バスをチャーターして伊丹駐屯地に乗り込む。全員ジャージ姿だ。皆、遠足気分ではしゃいでいる。俺も何だか引率の教師になったようで妙にうきうきしている。おかしな気分だ。

挨拶して、まずデモンストレーションを見せてもらう。うちの組子四十人相手にして、向こうは十五人。でもびくともしない。

「まず、姿勢です。綱を持つ手よりも絶対足を前にして後ろに倒れこむように。腕で引くのではなく、足で引く。空を見て引くんですよ。上！　上を見て！」

徹底した指導を受ける。彼女たちも普段のレッスンと同じように真剣そのものだ。

背の高い順に並ぶ。用意の合図で素早く等間隔に綱を持つ。体重の重い者を選抜する。

次々と指示され、テキパキと練習は進む。

「えーっ、私、そんなに体重重くな〜い」

「私、そんなに背高くないよ。もっと後ろじゃないと……」

「いいの。あんたは顔で相手威嚇しいや！　威嚇要員や」

「なんでやねん！」

などと騒ぎながら、それでも勝つために闘争心を燃やして頑張って練習した。初めは歯が立たなかった自衛隊チームにもいい勝負が出来るようになってきた。もっとも向こうの人数は、こちらの三分の一だったが……。

行進してきて、「用意！」の合図で素早く縄を持つ。その繰り返しを何度も練習する。公演中だとこうは練習出来なかったろう。こちらは全国公演が終わったばかりで、現在、新作の稽古中だ。練習だけはたっぷり出来る。俺だけでなく柴崎も綱引きの練習にまで出向いてくるようになった。

「ナベさん、あれ、ええな。あれ、なんとかなれへんかな」

と柴崎がささやく。なんのことかと思ったら、自衛隊の運搬用のトラックを借りられないかというのである。

「何するんですか？」

「うん。衣裳を着た生徒があれに乗って、大旗振り回しながら登場したらかっこええんやないかと思ってな」

「そりゃ、派手になりますけど……やりすぎってことないですか？」

「なんでやねん。競技でも優勝。入場パレードでも優勝したいやんか。各組の演出家同士の腕比べ、コンペの場でもあんねんで」

「……わかりました。交渉してみます。トップさんが乗る一台でいいですね」

「出来たら、五台」

「五台も⁉」

　しかし、交渉はしてみるものである。案外すんなりと交渉成立となり、運転手つきで輸送トラックを五台借りることに成功した。

　もうこれで万全である。

　当日、会場には、二万人を超える観客が集まった。競技も、パレードも、応援合戦もぶっちぎりで完全優勝だ。十年に一度の開催だ。オリンピックよりも間が空くのだ。そりゃあ、ファンが待ちわびる気持ちもわかる。

　各組の入場行進が始まる。どの組も、マスゲームを取り入れたり流行りのキャラクターを登場させたりと、衣裳や小道具にも趣向を凝らしている。

　専科チームは、三度笠スタイルで登場。もともと人数が少ないので音楽学校の生徒を応援に駆り出している。音楽学校の子たちは……かわいそうに、将棋の駒の着ぐるみを着せられて、回り将棋や将棋倒しのアトラクションをさせられている。入場パレードの後も、玉入れのかごを支え、玉をいっぱいぶつけられたり、ゴールした生徒を着順に並ばせたりと、裏方として目いっぱい働かされていた。

いよいよ最後。うちの組の入場行進である。大流行しているアニメのテーマソング曲に合わせて、揃いのユニフォームの組子たちが行進する。その後に自衛隊車両が五台続く。車両の上には、それぞれアニメのコスチュームをつけた組子が大旗を振っている。テレビクルーや報道陣がカメラを手に必死に車両に並走する。派手な演出に客席がどよめく。大成功だ。

場内アナウンス係が、アニメの女主人公に扮した男役トップスターを見つけ、「あれは女装か？」とコメントし、大きな笑いが起こっている。

ホームベース付近に車両が縦列停止し、荷台にかけてあったシートを取り払う。と、信じられないくらい大量の風船が宙に舞いあがった。また、客席がウォーとどよめく。最後はトップが決め台詞を大声で叫び、拍手喝采で締めとなった。傍らで柴崎がドヤ顔で俺を見ている。親指を立てて「グッジョブ！」と言ってやる。

競技が始まった。こんなにリキが入ると思わなかった。柴崎と多々良さんと共に声を限りに応援するが、すぐに喉が嗄れる。

サンバが短距離走でテープを切り、マリコとミユキが組んで大玉転がしで疾走する。

「行けえー！　サンバー！」

「マリコー！」

「ミユキー！」

「多々良さん、血圧上がっちゃいますよ」

「俺はお父ちゃんやからね。娘たちの運動会にはどうしてもリキ入ってしまうねん」

「おっ、おっ、また一等や。やった！」

「くー、惜っしいなあ。あとちょっとやったなあ」

ファンに負けじと親父たちも大騒ぎである。我々だけではない。どの組の制作と演出のタッグチームも気合入りまくりで、声を嗄らして自分の組を応援している。

午後の部。プログラムの最初は、応援合戦。うちの組の応援団長サンバが、客席のファンに応援の振付を伝授している。元気いっぱいサービス満点で練習している。客席と一体になって応援。贔屓(ひいき)目もあるのだろうがうちの応援が最高に盛り上がっている。

後半のハイライト、綱引き。こちらは自衛隊仕込みの本格派だ。絶対に勝たせていただく。

「おし、これで一気に優勝決めさせてもらうで」と柴崎が腕をさすれば、

「必勝法を伝授してあります。人数が同じなら負けるはずがありません」と応援に駆け付

けてくれた自衛隊のコーチの面々が口々に言ってくれる。

しかし、結末は思いがけないものとなった。「用意！」の合図と共に、相手チームは既に引き出した。こちらの体勢が崩れてしまう。だが、そのままピストルが鳴り、試合が始まってしまった。

「おい、駄目だ。フライング、フライング！」

「駄目だ。やり直せ。……ああ、これはひどい！」

俺たちが必死で叫んだが、試合はそのまま続行され、相手チームの勝利となってしまった。うちの引き方と相手の引き方を比べると、どちらのテクニックがすぐれているか一目瞭然だったのだが……皆、天を仰ぐ。

「あ～あ、素人が審判だとこんなふうになっちゃうんですねえ」

見に来てくれた自衛官たちも心底残念そうだ。ずっと付き合ってくれたのに本当に申し訳ない。しかし、当然のことながら、一番悔しかったのは、これだけ練習してきた本人たちに決まっている。

ご苦労様会では、全員大荒れに荒れた。それはそうだろう。俺もまた、悔しくてならなかった。そして、最後の最後まで気を抜いてはいけないことを学んだ。どんなに入念な準備をしても一瞬の油断で結果は最悪になってしまうのだ。同じ失敗は二度と繰り返さない、決して……。

理事長以下多くの幹部が集まる恒例の制作会議で、俺は予(かね)てからの思いをぶつけてみた。久しぶりに外部から演出家・振付家の招聘(しょうへい)、しかもブロードウェイから招くという提案をしたのだ。マンネリを防ぎ、歌劇全体のレベルアップのために、世界レベルを身を以(もっ)て体験する必要があると俺は力説した。次々と鋭(するど)い質問を受ける。コストの面、メリットとデメリット、人選、スケジュール……自分で試算、シミュレーションした内容をプロジェクターでかわるがわる映しながら答えていく。俺たち制作は、芸術面ではよくわかっていないことがあるかもしれないが、ことビジネスに関してはそれぞれの分野で一角の人間だというプライドがある。負けず嫌いなのだ。

入念に準備をしてきた甲斐があり、俺の提案は前向きに検討されることになった。皆、停滞感からの脱出を望んでいたのだ。具体的な作品と候補者をリストアップする作業に入る。こういうことはスピードが命だ。

「鍋島さん、いいプレゼンだった。久しぶりに燃えたよ」

と皆が口々に声をかけてくれる。

うちの組の次のショーに、トニー賞を始め数々の権威ある賞を受賞している大物演出家を招聘することになった。

言いだしっぺということもあったが、語学力を買われ、通訳も兼ねてオファー、契約の担当者を仰せつかった。

愛称、サミー……留学していた頃、彼のステージを何度も観た。軽快なタップに見惚(みほ)れたものだが、今では自身がステージに立つことはほとんどなく、専(もっぱ)ら演出、振付の大家としてブロードウェイに君臨している。代理人と何度も交渉し、ようやく契約にこぎつけた。サミー本人が目の前で契約書にサインし、握手を交(か)わしてくれる。足がガクガクしているのを気付かれなかったろうか。

契約は済ませたものの、本当に来てくれるかどうか不安で仕方がなかった。成田(なりた)空港でサミーと再会出来た時には心底嬉しかった。

長旅の疲れも見せず、すぐに稽古場に姿を見せた。全員に緊張感が漲(みなぎ)る。彼の言葉を正確に伝えるために全力を傾注(けいちゅう)する。

温かくも的確なダメ出しに共感すると共に、さすがは世界のトップレベルだと感じる。

生徒たちはまっすぐ彼の目を見ながらダメ出しを受けているが、耳を傾けているのは俺の言葉なのだ。

柴崎を始め、スタッフは総出で片隅に座ってノートを取るのに余念がない。世界の一流から学べるものは全て学ぼうとする。……そうだ。こういう緊張感が、チャレンジ精神が今、我々に必要だったのだと痛感する。


ビジネスが終わると、サミーは慌ただしく帰国した。成田で別れの握手を交わしたときに彼はこう言った。

「ナベ、タカラヅカのレベルは高い。ダンスだけなら今すぐにでも通用するのが何人もいる」

目に留まった中で、これは……というのは誰か、内緒で教えてくれと頼む。

「総じてレベルが高いがとくに目立つのは、ミユキだ」

続けて「なぜ、彼女が主演ではないのか」と問われる。苦笑して「それがタカラヅカのシステムだ」と答える。う〜む、わからないとオーバーなジェスチャーをされるが、「タカラヅカでは、様々な要素が絡み合う。実力だけでは決まらないのだ」と補足する。実は本当のところは俺にだってよくわからない。しかし、彼女たちはそれにくさることなく精進する。実力だけでは決まらないことを知りながら、それでも少しでも自分のスキルアップのために努力を惜しまない。

そのままゲートに向かおうとするので「歌では誰が？」と聞いてみる。

聞かなければならないことだ。

ちょっと困ったような顔をしたが、「皆、声量に問題がある。たぶん体格によるものだと思う。全体に彼女たちはスキニー過ぎる」とそれでもはっきりと言った。彼はリップサービスはしない。だからこそ聴く価値がある。歌はボリューム不足……それは俺も感じていたことだし、一般的によく言われることだ。日本人では本場で通用しないということなのか。しかし、彼は続けてこう言った。

「ただ、マリコ。彼女は素晴らしい。あのベルベットヴォイスは今すぐ向こうでも通用する」

うっとりとした表情を浮かべた。

そうか、やはりマリコか。名前が挙がるとしたら彼女だと思っていた。しかし、今すぐ通用するとまで言われるとは思わなかった。

「ナベ。このカンパニーを連れてアメリカに来い。協力していいショーを作ろう」

そう言い残し、手を挙げてゲートをくぐっていった。そうだな、いつか必ずと思う。サミーにほんのちょっと前のサンバのダンス、あのキレッキレなのを見せたかったな。そしたら彼は何と言っただろう。

人にも旬というものがある。ミユキやマリコは今まさに一番勢いのある時だ。サンバもそのくらいの時に彼に見せたかったと残念に思った。


ここ数日、英語を駆使しすぎて心底、疲れた。無性に多々良さんと飲みたくなった。

「俺は、日本代表かいな」

と言いながらも、いつもの赤提灯に付き合ってくれた。

「まあ、なんにしてもご苦労さんでした」

と熱燗を注いでくれる。俺はちょっと杯を掲げて、どうしても言わなければいけないことを語り始めた。

「多々良さん、今度は人事で賭けをしなければなりません……」

「いろいろ考えてどうしても必要だと思う人事やろ。思い切ってやればいい」

「そうですね。ただ、失敗すると取り返しがつかないのです」

「それでもナベがどうしても必要だと思うのやろ。誠実にやればいい」

詳しいことは何一つ聞かず、誰のことかも聞かずに多々良さんは俺を信頼してくれる。

「専科で活躍してくれないか？」

次の日、サンバを制作室に呼んで率直に切り出した。どの組も若返りが進んでおり、脇を締めてくれる人材が不足している。あなたのような芝居巧者で踊れる人材を、うちの組だけで独占していては他所（よそ）の組に申し訳ない。うちの組にとっては痛手だが、どの組にもフットワーク軽く出演出来る専科ならば、うちの組のためにも活躍出来るはずだ。都合のいいお願いだということは重々わかっている。だが、宝塚全体のためにぜひ考えてほしい……と熱を込めて説得した。

「……わかりました。私のようなものにお声掛けくださいましてありがとうございます。しばらく考えさせてください」

とサンバはにっこりした。

そうだ。これでいい。自分の組のことだけ考えていては駄目だ。サンバという人材を生かすためにも俺の決断は間違っていない。後はサンバが納得してくれるかどうかだ。

数週間後、サンバともう一度会合をもつ。

「どうだ？　専科のこと、前向きに考えてくれたか？」

「はい。大変光栄なのですが、私はいろいろ考えた末、次の公演で……退団させていただきたいと思います」

椅子から転げ落ちそうになった。

「おい、考え直してくれ。専科が駄目だったらうちにいて近い将来、組長になってだな……」

「いいえ、専科が嫌だから退団するのではありません。私、将来……結婚もしたいし、子どもも欲しいんです。だから……」

「えっ、寿なのか？」

「いいえ。お相手は、まだいません。これから見つけるつもりです」

と、にっこりする。

「それなら、相手が見つかってから卒業してよ。まだまだ活躍してもらわなければならないんだから」

「鍋島さん、私、毎日、男の姿で歩いてるんですよ。ここにいる限り相手なんて見つからないですよ。舞台ではしょっちゅう髭(ひげ)だってつけてるんですよ」

「でも、また急に……」

「急じゃないですよ。ずいぶん前から考えていたことです。もう男役として自分のやれることは全てやりつくしたなと……。私は、絶対結婚したいし、子どもだって産みたい。そろそろタイムリミットです」

「タイムリミットって……ちゃんと在団中にお相手見つけて寿退団する生徒もたくさんいるじゃないか」

「それは、娘役さんでしょ。男役から普通の女性に戻るのは大変なんです。それに、私、娘役に転向したいって言ったら、鍋島さんに冗談は顔だけにしろって言われました。それ、とても感謝してるんです。皮肉でもなんでもないですよ。恨んでなんかいませんから……男役一筋で頑張ってこられてとてもいい時間でした。でもその分、〝性転換〟には時間がかかりそうだけど……。タイムリミットです」

いい時間でした、なんて言うなと思って気が付いたら涙が出ていた。

あっ、あっ、俺、泣いてる。どうしよう。本社の頃は、リストラの鬼と言われていたのに、なんで泣いちゃうんだよ……。かっこ悪いなもう……。性転換ってなんだよ、笑わせるなよ。冗談は顔だけにしとけなんて言わなかったら、どうなってたんだろ？　娘役への転向を認めていたらどうなっていただろう？　頭の中がぐるぐる回る。

サンバも涙を流しながら、

「アメリカに行こうと思います。実はやめたらそうしようと前から思ってたんです。長らくお世話になりました」

と深々と頭を下げて出て行った。

しばらく身動き出来なかった。ほんと、人事は難しい。とくに生徒の人事はわけがわからない。おれはまだまだ宝塚の制作として全然駄目だ。

ようやく立ち上がった俺は、柴崎の所に相談に向かうことにした。次の公演は、組の功労者であるサンバの退団公演になる。

柴崎と一緒に、精一杯の花道を作ってやらねばと思う。

第六話

サンクレーヴ

柴崎大輔(だいすけ)は、早くも薄くなり始めた頭髪を掻(か)きむしりながら、うろうろ部屋の中を歩き回っていた。

「……大丈夫、大丈夫や。いつものことや。今まで出来んかったことはない。今度も絶対出来る。出来る出来る！　出来るに決まっとる！　お前は天才演出家や！　怖いものなんて、なーんもない！」

ブツブツブツブツ呪文を唱えるように自分に暗示をかける。

「うるさいなぁ。何時だと思ってんの！　奈緒(なお)が起きちゃうでしょう！　もういい加減にして！」

寝室から出てきた美樹(みき)が小声で叱責(しっせき)する。宝塚に住んで十年。頑(がん)として標準語をくずさない。

「私だって、朝から打ち合わせなのよ。奈緒のお弁当だってつくらなきゃならないし……」

カーラーを巻いたままにらまれると、首をすくめるしかない。

「悪い悪い。台本難渋しててんねん。明日までに何とかカッコつけんとあかんねん」

「私だって仕事してますけど。それで私は、どんなに忙しくても家に仕事、持ち込んだりしてませんけど」

そうなのだ。美樹はバリバリのキャリアウーマンで、その上、家のことも子育ても手を抜かない。だから俺はまるで彼女に頭が上がらない。さらに標準語で正論を言われると実に怖い。グーの音も出ないとはこのことや。抵抗しても無駄なので、台本はあきらめ、美樹を起こさないようにベッドにそっと潜り込む。

「あかん、駄目や。今度もサンバさんは、おじいさんやなあ。最後くらい老け役やのうて、二の線に近いトコロの役にしてやりたかったなあ」

なかなか眠れず、今度の芝居のことを考えていたら、思わず独り言を漏らしてしまう。

うるさい！　と寝返りをうたれ、思いっきり蹴飛ばされてしまった。

台本が苦戦している原因の一つは、サンバさんが退団してしまうことのショックだ。それは間違いない。

先日、プロデューサーの鍋島から、次回、俺の演出作品が、サンバさんの卒業公演になることを聞いて、驚いたのなんのって。

これまで口にしたことはないが、宝塚歌劇団に入団以来、演出家として自分が何とかやってこられたのは、サンバさんのおかげだと思っているのだ。彼女は、恩人というか同志というか……口幅ったいが〝戦友〟とさえ思っている。そのサンバさんが卒業してしまうなんて……と早くも喪失感を覚えている。

でもな、とも思う。鍋島も言っていたが、だからこそ素敵な花道、こさえてやらなきゃな。これからしばらくプレッシャーと睡眠不足に悩まされる日々が続く。でも負けたらあかん、負けられへん……そう思いながらようやく瞼が重くなってくる。夜は白々と明け始めた。

「柴崎君、お前さんなあ。稽古中、娘役ばっかり見とるやろ」

打ち上げの席で演出家に絡まれた。

しまった、バレてる……と顔が真っ赤になる。

「いや、そんなことは……」としどろもどろになって弁解しようとするが、かえって墓穴を掘ってしまいそうだ。

大学を卒業して、宝塚歌劇団の演出助手になったばかりの頃、俺は稽古場でレオタード姿の女性たちの姿にどぎまぎしてまともに顔を上げることができなかった。いや、正確に言うとチラチラ盗み見してしまっていた。なにせ、天使のように可愛い娘役さんが、レオタード姿で目の前に何人もいるのだ。どうしても目が行ってしまうのは仕方ないやろと開き直りたくもなる。

「あかんねー。娘役に目が行くっていうのは、まだまだやなぁ」

大きな声が聞こえた。ニッコリ笑いながら、一人の生徒がビール瓶を持って近づいて来る。

「男役の、それも、髭(ひげ)つけてる男役が気になるようにならんと、演出家としては、いっちょまえとは言えんよー」

いたずらっぽく大きな瞳をキラキラさせながら彼女が言う。

「おっ、サンバ、ちょうどええ。柴崎君に男役の美学ってやつ、教えてやって」

それが、サンバさんとの出会いだった。

「あのね、男役の美学って、まず鼻の下がカビカビになるのね」

演出家にこれ以上絡まれないように、二人で席を移動して、サンバ氏から『男役の美学』についてレクチャーを受けることになった。

宝塚というのは、上下関係が厳しい。サンバさんというのは、年は俺と同じくらいのはずだが、向こうの方が入団が先というだけで、俺には怖い上級生のように思えてしまう。

「あのセンセは、いったんお説教始めるとくどいからな。ちょっと柴崎君の救出に参上いたしました。柴崎君、一回、貸しやで」

とウィンクされる。

まあ、助かったと思ったのは事実だ。あのまま延々と絡まれるのは正直勘弁してほしい。

「ねえねえ、髭って、何、使ってつけると思う?」

「何って……つけまつげと同じような糊じゃないですか?」

「う〜ん、それやとすぐ落ちちゃうんだよね。ほら、顔って笑ったり泣いたりするとさ、表情筋ってすっごく使うでしょ?」

「そうですねぇ」

尻上がりのイントネーションで相槌を打つ。

「……だからね、あたしらは、強力接着剤みたいな『髭のり』っていうのを使うんや」

強力接着剤みたいな?

ほんまかいな?

にわかには信じられない。

そこで、次の日、鬘合わせ、髭合わせに同行させてもらった。

「サンバちゃん、また髭つけるんかいな。あんた、いっつもヒゲ親父の役やな。どれにするの？　もう全部つけたことあるんちゃう？」

床山さんたちがあきれたように笑っている。うら若き乙女になんちゅうこと言うねん、そう言いながらサンバさんは、鼻の下の、長方形の四隅の位置に、本当に強力接着剤のような……髭のりという奴をつけている。そして、その上からつけ髭をギューッと押し付け、鏡を見ながら笑ったり、しかめっ面をしたりして落ちないかどうかチェックしている。

　はがすのがまた大変そうだった。気合を入れてビリッとはがす。髭のりを塗った四か所がほんのり赤くなっている。本番でドーランをいくら厚く塗っても、はがす時どうしても皮膚が持って行かれるそうだ。

「皮膚科に行くとね。センセが鼻の下、四か所赤くなってるの見て、どうしたんですか、それ？　どうしたらこんなんなるんですか？　って必ず、びっくりされんねん。それが面白くて……あぁ、男役の美学やなぁって」

「……何か、男役の美学って痛そうですねぇ」

「せやねん。やせがまんが男役の美学やねん」

鼻の下をカビカビにして、変な関西弁を使うサンバさんが胸をはる。


前の演目の打ち上げも終わり、新しい稽古に入った。サンバさんも役付きで、台詞(せりふ)の稽古をしている。ちょうど海賊の親玉として手下に檄(げき)を飛ばす場面だった。

〈男はなぁ、死ぬときは、前のめり。決して敵に背中を向けちゃなんねえ!〉

びっくりしてパイプ椅子から転げ落ちそうになる。

スッゲェ台詞!

「男は」? 女性なのに「男は」だって! フツー、女性に「男は」なんて言わせますか?

将来、助手を卒業して演出家になった時、俺も台本、書かなあかんねんけど、そんな台詞、俺、書けるようになるかなぁ。全部女性言葉になってしまいそうや。

台詞も凄(すご)いけど、サンバさんも凄すぎる。女性なのに「男は」なんて台詞にリアリティを持たせるなんて……凄いの一言や。魅了されてしまって、それからずっとサンバさんの姿を目で追ってしまう。

ホント、すげえなぁ。男役というよりも、そう、あれは……おっさんやんか! あれがおっさんの色気か！

「どう？　もっと顔、近づけたいんやけど、やりにくい？　大丈夫そう？」

男役さんは、相手役の娘役さんにえらい気を遣うねんな。……そうか、だから女性に気が回らない俺はもてないのか！

稽古を見ながら、とりとめもなく、そんなくだらないことを考えていたら、

「柴崎君、最近、サンバばっかり見とるやないか。髭役者に目が行くようになったらいっちょまえやぞ。感心感心」

ガハハハッと演出家に肩を叩かれた。


「柴崎、お前、何もたもたしてんねん！」

やっぱり怒鳴られた。

稽古も佳境(かきょう)に入り、台詞や音楽に合わせて歌や踊りの練習が始まっていた。その音出しを俺が失敗したのだ。

宝塚は、本番はもちろん生オケなのだが、稽古中は演出助手がきっかけに合わせて音出しをしなければならない。

演出家のあまりの剣幕(けんまく)にビビってしまい、手元がますます覚束(おぼつか)なくなってくる。

すぐに稽古が再開され、さっきの失敗を反芻しているうちに、また音出しを失敗してしまった。

最悪や。さらに落ち込んでしまう。

今度はもう怒鳴られない。その代わり聞こえよがしに「あーあ」とため息をつかれた。

「しゃーない。ちょっと、気分転換しようや！　休憩や休憩！」

俺にではなく他のみんなに声をかけて、演出家はさっさと稽古場を出て行く。

俺はトイレに行き、顔をザブザブ洗い、首に巻いていたタオルでゴシゴシ拭う。目元が赤くなっている。

何やってんだろうな、俺。この仕事向いてないのかも。

すごい倍率を突破して、演出助手に合格した時、俺は小躍りして喜んだ。演劇なんてやっていても食えないからと周りが次々と夢をあきらめ就職していく中で、俺だけが『演劇』を職業に出来たのだ。

「宝塚ってさ、そんなに興味なかったんやけど、とりあえず食えるやん？」

そう言って周りに自慢した。しかし、せっかく採用されても労働環境のあまりのひどさに昇格前に挫折してしまう者も多いと聞いている。

小太り、眼鏡の演劇オタク……それが俺。ビデオを含めありとあらゆる舞台を観まくって自分なりの演劇を追求してきた。

学生劇団を主宰し、その演出家として君臨していたのに……向いてないみたい。

もう辞めようか。

みんなに自慢してきた手前、かっこ悪いなぁ。

そら、見たことかって言われるやろうなぁ。

稽古場に戻ると、サンバさんが下級生に指示を出していた。

「明日、ショーの中詰め、振り固めの稽古が十三時からあります。その時までに踊りを完璧にして振付の先生にお見せします。ですから私たち以下の期は、十一時に集合して自主稽古をします」

俺に気が付くと、

「柴崎君、覚えてる？　私に借り、あったよね？　この前の打ち上げの時の借り、返して。明日、十一時から自主稽古するから私たちに付き合うこと。音出し、して」

えー、俺、夜型やから午前中はちょっととも思ったが、もちろん口には出せない。自主稽古は普通、下級生の誰かが音出しをするのだが、借りがあるから仕方ない。やろう。約束する。

次の日、約束通り自主稽古に付き合う。驚いたことにサンバさんの期よりもっと下級生たちは、さらに早く自主的に集まって稽古している。つまり自主稽古のための自主稽古をしていることになる。

自主稽古が終わり、十三時から振り固めが始まる。必死に機材の操作をする。今日は一度も失敗することはなかった。別にこんなことは当然と言えば当然なのだが、それでも今日は安堵感と達成感がある。

「柴崎。今日は間違えんかったやないか。明日もこの調子で頼むな」

機嫌よく演出家が帰っていった。

よくやった！　と自分で自分を褒めてやりたい。そりゃそうだ。こっちは午前中から音出しをしていたのだ。これだけ練習していたら間違えっこあるかいな。

口笛吹きながら歩いていると、ふと小さな居酒屋が目に留まった。今日はいいことがあったからここで一杯やって帰ろうと思う。たまにはいいやろ。

カウンターと小上がりだけの小さな店。

色紙がいっぱいある。こんな小さな店やのに芸能人も来るんやな。どんな人が来てるんやろと端から見てみる。芸能人のサインは、普通何て書いてあるかわからないけど、どれもこれも千社札が貼ってあり、誰のサインかわかる。……これは、

「うちな、宝塚の生徒さんにご贔屓にしてもらってますのや」

と店主が愛想よく俺に話しかけてきた。

ほんまや。ずらっと並ぶボトルにも生徒たちの千社札が貼ってある。その中にはサンバさんの名前もあった。

生徒がようけ来るんやったら、ここには、あんまり出入りせん方がいいかもしれんな……。まあ、今日は誰もおらんけど。いやぁ、それにしても今日はほんまにうまくいったな。俺ってもともと出来る子やからな。集中してやれば、音出しくらい、朝飯前や……。

イヤ、違うな。

お通しを口に放り込み、ビールで流し込む。

ボトルに貼られた千社札を見つめているうちに「借りを返せ」と言ったサンバさんの顔がよみがえってきた。

こりゃ、借りを返したんやのうて、また借りを作ってしまったのかもしれんぞ。

新人公演で演出をすることになった。いよいよ初演出だ。

「柴崎クン、お手並み拝見といこうか」

クンって……昨年結婚して、すぐに子どもも産まれたっていうのに、童顔のせいかスタッフたちに相変わらず『僕ちゃん』扱いされている。

ナメられまいと思うから俺の態度はことさら尊大なものになってしまう。元々の京都弁がコテコテの『大阪弁風』になって、どこの言葉かようわからんようになってしもうとる。そしてその変な言葉をオーバーアクションでまくしたてることになる。

ただでさえ理屈っぽいのに、唾を飛ばし飛ばし相手をやりこめようとして、スタッフさんたちに文字通り苦笑されている。

「柴崎クン、もっと肩の力抜いて。俺ら別にあんたの敵やないて。言われたとおりにやるさかいに」

そうなのだ。別に彼らと敵同士というわけやない。

宝塚の新人公演とは、本公演と同じ演目を宝塚と東京で一日だけ組の若手を使って行う。言うなれば、次代のスターたちのお披露目会、試演会である。だからことさら演出のオリジナリティーが求められるわけではなく、演出助手としては、本公演をなぞれば十分なのだ。

それなのに俺はむやみに張り切った。完コピを生徒たちに要求した。一言一句、台本通りを要求する。アドリブなんてとんでもない。本公演とまったく同じ間、同じ所作を要求したのだ。

無我夢中の時が過ぎ、初演出作品をなんとか終えることが出来た。

客が続々とロビーに出てくる。俺はキャップを目深にかぶり、サングラスをかけ、声高に話しているグループの後を気付かれないようについていく。……と『キャトルレーヴ』に入ってしまった。

キャトルレーヴ……劇場に隣接し、宝塚関連グッズを扱っているショップ。

キャトル＝『四つ』、レーヴ＝『夢』か……そやけど宝塚の組は五つあるのになんでキャトルなん？　出来た当時は四つしか組なかったからやろうけど、宙組できたやん。そしたらサンクやろ、サンク……ここに来るたびに俺はそう思ってしまう。

「あの娘、きっと将来伸びるわぁ。私の目に狂いはない」

「そやね。私もあの娘、将来のトップ候補や思うねん。背も高いし、なんかオーラがあるわぁ」

「本公演のトップさんと比べるとまだまだいう感じやけどな」

「当たり前や。比べたらあかんわ。可哀想や……娘役さんやけどなぁ。あの娘も可愛いなぁ」

……じっと耳を澄まして聴いていたが、演出のえの字も出てこない。変装する必要なんてなかったな。

そりゃ、そうや。パンフレット見ても俺の顔写真なんかどこにも載ってへんもん。

あー、おもんないなぁ。宝塚歌劇の演出なんかちっともおもんない！　なんやあれ、授業参観かっちゅうの！　どいつもこいつもご贔屓の生徒しか観てへん。もっと芝居を観ぃや。演出を観ぃや！　あー、けったくそ悪い。

それでも俺は大人だった。打ち上げでは、生徒たちが頰を上気させて舞台の興奮を語るのをニコニコしながら聞いてやった。

そやけどうちの体質、古いわぁ。今時、スターシステムってどうよ？　現代は「演出」の時代やで。

皆さーん、スターやなくて演出を観てくださーい！

あー、毒、吐きたい！　このまま家に帰ると、美樹に八つ当たりしそうや。

以前行った居酒屋が心地よかったことを思い出し、足を向けることにする。

「しーばさきセンセ、見ーつけた。……大将、こんばんは。えっと取り敢えず、ビールください な。瓶で」

びっくりした！　サンバさんやないか！　俺が何も言ってないのに、当たり前のように勝手に隣に座ってきた。

「何はともあれ、柴崎センセ、お疲れ様でした。初演出おめでとうございます」

サンバさんがビールをついでくれる。

「サンバさん、そのセンセ言うの、やめてくださいよ」

「何、照れてんの！　助手さんでも演出したんやからな、センセ言われるのに慣れんとあかんな。それよりセンセこそ、そのサンバさんてさん付けするのやめて。サンバって呼び捨てでええよ」

そんな恐れ多い。無理。ムリムリ。

「それより初演出、ご感想は？」

サンバさんに水を向けられて、ここぞとばかりに不満が堰を切ったように飛び出す。

「……柴崎クンは、何のためにこの仕事やってるの？」

それまで黙って聞いていたサンバさんがこちらをじっと見据える。えっ、また、クン付けに戻ってますけど。

「……それはお客さんのために」

嘘をついた。

「そうや、お客様に喜んでいただくのが私らの仕事！」

サンバさんがニッコリ笑う。……かえって怖い。

それはそうなのだが……それやったら、俺はおもんないねん。神妙に頷いてみせても、サンバさんの言葉は実は、この時の俺にはちっとも響いていなかった。

「ホワイトタイガー、観に行こうか?」

久しぶりの休日。昼近くなってようやく起きてきた俺は、何やら不穏な空気を察知して、美樹と奈緒をファミリーランドに誘ってみた。

「そういうことじゃないでしょ! 私がしてほしいのはそういうのじゃない!」

美樹が突然キレた。

「……そういうのって何だよ。せっかくの休みにさ、疲れているのに家族サービスしようとしてるんやで。……それを何、キレてんねん。アッタマくるなぁ」

「サービス? サービスって何よ。それってすっごく失礼じゃない? そういう考えがまずもって間違ってるよ。家族のためを第一に考えるの、当たり前のことでしょ? それをサービスだなんて」

「……べつに、家族サービス言うんは、慣用句みたいなもんやないか。家族のことを第一に考えてるから、罪滅ぼししようって思うてるだけやないか」

俺は通称『マシンガントーク柴崎』と言われるくらい口達者な自信があるのだが、美樹にはいつも全然かなわない。何でや? 後ろめたいところがあるせいか?

「嘘ばっかり、何が家族第一よ。罪滅ぼしってことは、後ろめたいところがあるんでしょ！」

図星をついて、美樹は嵩にかかって攻めてくる。

「普段、全然家のことしない罪滅ぼしに、ただどこかに連れて行けばそれで済むと思ってるだけでしょ。私が休日にやってほしいのは、鉢植えの世話とか戸棚を吊るとかそういうこと。そういうことを奈緒と一緒にやってほしいのよ」

「そんなの、奈緒が楽しくないやろ。せっかくのお休みやのに」

「父親と一緒にそういうことをするのが楽しいし大事なんだよ。お金をかけて遊びに行くことばかりが子育てじゃないよ」

「お父さんと一緒にファミリーランド行きたいよな？」

仕方がないので奈緒に助けを求める。

「ううん、行きたくない」

「なんで？　ホワイトタイガー、見たくないんか？」

「見たくない」

なんや、お前。ついこの前までパパ、パパ言うとったやないか。ようやっと一年生になったと思ったら、いつの間に母親の味方になったんや。あー、俺はどうしたらええんやろ？　さっぱりわからん。仕事はおもんないし、家でも邪魔者扱いや。あー、なんでこんなことになったかなぁ。こんなの俺の望んでいた人生ちゃうわ。

ようやく助手の肩書がはずれ、演出家として一本立ちはしたけれど、生活自体は助手の時とほとんど変わらない。

宝塚のスタッフが稽古場に泊まり込むのはしょっちゅうである。そんな過酷な労働環境でがんばっているのに、報われないこと甚だしい。客はご贔屓の生徒しか観ていない。

第一にやな……俺がやりたかったのは、本当はこんな演劇ではないねん。宝塚は、制約ばっかりや。まず一幕、九十分って時間が決まってる。九十分でどうやってシェイクスピアやれっちゅうねん。無理やろ！　主演は絶対トップさんやし……。

あーあ、俺は何の制約もなく、自分の理想の芝居をつくりたいなぁ。

以前、サンバさんに聞かれてお客さんが喜んでくれるために仕事をしていると大ウソをついた。そうだよ。俺は下手な役者に灰皿投げたくて演出家になったんや！　俺は演出家という『神』になりたかったんや。

ところが現実はどうや？　俺は神どころか、生徒たちのただの引き立て役やないか。

深夜、頭を掻きむしり、部屋の中を歩き回りながら演出プランを練っていると、頭の中が『毒』でいっぱいになってくる。

文句言ってる暇があったら、早よ、台本書け！　ちゅう話やけど、一度呪いの無限ループに入ってまうと、そう簡単には戻ってこられへんのや。

「あなたさぁ、妻が夫の実家に行くということがどういうことかわかってる？」

ブーブー文句を言う美樹を、父親の喜寿の祝いだから頼むと拝み倒して、俺たち一家は、京都に来ていた。

俺は美樹の実家には気を遣っているつもりなのになぁ。……もう俺たちは長いことないかもしれんなぁ。奈緒は母親についていくに決まってるし、俺が一人で育てられっこないし。

「あーあー、こっちだっていろいろ仕事のスケジュールがあるのに」

美樹が聞こえよがしにため息をつく。ウーッ、この人は冷たい人やな。夫の父親の祝いも嫌がるんか。前からこんな冷たい人間やったっけ？　たった一日の辛抱やないか。

しかし、美樹と奈緒が俺の実家に泊まるのは、一日どころでは済まなかった。

朝方、激しい揺れで目を覚ます。美樹も奈緒も悲鳴を上げて飛び起きた。

これは尋常な地震やない。

窓を開ける。西の方角に煙が上がっているのが見える。

テレビやラジオの緊急放送で必死に情報を集める。

ともかく家が心配や。両親に後を頼み、二人を残して単身宝塚に戻ることにする。

「道路な、寸断されているようやからバイクで行くわ。お前たちはしばらくこのままここで厄介になっといて」

「……気をつけてね」

青ざめた顔で美樹が言う。

阪神高速の渋滞が凄い。緊急車両が次々と通っている。仕方がないので下道を使う。規制のため幾度となく迂回を余儀なくされ、普段の何倍も時間がかかる。

近づくにつれ、惨状はますますひどくなっていく。

あったはずの建物が倒壊し跡形もなくなっている。

この寒空の下、体に毛布を巻きつけた人々が立ち尽くし、倒壊した家屋を呆然と見つめている。

橋が落ちている。

道路に穴があいている……。

あっ！

息を呑む。

大劇場の脇では列車が脱線しているではないか。

ショックでその場にへたり込みそうになる。

なんとか気を取り直し、まずは自宅に向かう。

家は……あった。

奇跡としか言いようがない。

おそるおそる鍵を開ける。

覚悟はしていたつもりだった。が、それでも思わず悲鳴をあげ、後ずさりしてしまった。

劇団事務所に行って緊急用の電話を借りる。

「家はあった。大丈夫や、安心しぃ。……中はな……まあ、メチャクチャやったわ。見んでよかった。うんうん、俺もショックやった。そやけどな、あそこで、もし寝てたら顔の上にガラスの破片、ぎょうさん降りかかってたで。ほんまゾッとしたわ。……うんうん、後片付けは全部俺がやるから、当分の間、そこに居って。頼むわ……。あかん。道路がメチャクチャで来られへんって。お前は会社が復旧したら実家から通うといいわ。奈緒の面倒はおふくろがみてくれるから。こんな時やから頼ったらいいやんか……うんうん、大丈夫。ガラスは始末して掃除機、しっかりかけとくから……すぐ戻って来られるよう準備しとく。うん、大丈夫。気をつけて寝るわ。ありがとうな。奈緒に替わって……あっ、お父さんや。大丈夫。おうちちゃんとあったから。心配せんとき。うんうん……」

大劇場に行く。

「おっ、柴崎か。お前んとこ大丈夫やったか？」

「はい、何とか。生徒たちは無事でしたか？」

「今、確認中や。こっち来て」

内部の被害状況を確認する。

「スプリンクラーが作動してしもうてな、水びたしや」

「あー、こりゃあかんな。コンピューターで動かすやつ、全部いかれとる」

「ボルトも折れてしもうとるがな。これ、大道具を支えとったやつやで。どんだけゴツイ地震やったんやろ」

「衣裳倉庫、水浸しや。たくさんあった衣裳、ぜーんぶ、あかんな」

明るい展望はこれっぽっちもない。

『こりゃ、宝塚歌劇、終わったな……』

口に出さなくても誰もが皆、そう思ってるのはわかった。

フラフラ外に出た。いつの間にか深夜になっている。

それなのに、緊急車両が頻繁に行き交い、この時間になっても復旧のために多くの人が働いている。

「中、大丈夫でしたか?」

ヘルメットをかぶった青年が声をかけてくる。

「いや、めちゃくちゃでした。歌劇はもうあかんかもしれません」

部外者には思わず弱音を吐いてしまう。

彼は真剣な表情で頭を下げた。

「そんなこと言わんといてください。絶対、復活してください。母が歌劇、大好きなんです。僕んち、壊れてしもうて母が避難所におるんです。その母が言うんです。大劇場、大丈夫やろか? 家のうなってしもうたけど歌劇さえ観たら私、元気になるんやさかいって」

「……家、壊れはったんですか? それやのに電気工事なんてしてててええんですか?」

「……全壊しましたからね。何にもしようがないんですわ」

「それにしても後始末とかいろいろあるでしょうに」

「いや、同時にやらんとあかんでしょう。家のことも人様のための仕事も一緒にやらんとあかんのん違いますか？　……お願いします。絶対、歌劇復活させてくださいね」

「……ありがとうございます。よろしくお願いいたします」

　俺はその場を離れた。

　信号もネオンも何もないまっくらな中を懐中電灯を頼りに家に向かう。

　思わず、夜空を仰ぎ見る。

　歌の文句みたいやなと思う。

　帰って改めて被害状況を確認する。

　食器棚、洋服ダンス、ソファー、チェスト、書棚……家具が全部部屋の中央に固まっている。

　一人では動かせないようなこんな重いものが全部、部屋の真ん中に集まってしもうとる。それらの扉が全部開いて、倒れないようにお互いが支えあっていた。まるで『人』という字のように。

　でも扉が開いてしまっているので中にあった食器類全部が落ちて散乱している。美樹が趣味で集めていた可愛いティーセットや皿も全部粉々になっていた。

もう、笑うしかないなあ。

力なくハハッと笑ってみる。

幸いなことに電気も水道も大丈夫やった。ただガスが止まっている。お湯は沸かせへんな。料理もあかんなあ……。コンビニには何もなかったなぁ。あったのは猫缶ぐらいやった。

へたり込んでボーッとしているうちに何故だか知らんが笑いがこみ上げてきた。

今度はハハハッやない。

哄笑だ。

ガハハハッと笑う。涙が出るほど笑った。

俺はトトロに出てくるお父さんかっ！

……そうや柴崎、お前、生きとるやないけ。妻も子どもも無事やったやないけ。歌劇の復活、待っとる人がおるやないけ。みんな自分の持ち場でがんばっとるやないけ。へたり込んでる暇なんてないやろ。がんばらんとあかんやろ。

なんや知らんが猛烈にファイトが湧いてきた。

不思議なことに腹はすかないしトイレにも行ってへん。なのに全然平気や。風邪気味やったのにそれもどっかに飛んで行ってしもうた。

人間の体ってホント不思議やな。

一睡もせず家の後片付けをする。

負けてたまるか！　二人を早く呼び戻せるように俺は頑張る。

奈緒に会いたい。美樹に会いたい。

白々と夜が明けた。

また大劇場に戻る。

白髪のご婦人に声を掛けられる。

「どんな具合なんでしょうか？　朝早くからご苦労様です」

「はい。少々お時間いただきますが、すぐに再開しますよ」

「私、歌劇だけが楽しみなんですわ。よろしくお願いいたします」

「大丈夫ですよ。必ず復活しますから。お待ちくださいね」

ご婦人はそれを聞くと嬉しそうに何度も頭を下げてくれた。

あー、早く復活させたいなぁ。

そして、みんながなぁ、元気になるような舞台つくるんや。

同じ願いをもつ人々が宝塚に集結した。

当初の予想を覆し、大幅に工期を短縮し、猛スピードで大劇場の復旧がかなった。

「苦しいこといっぱいやけど、歌劇を観ている時間だけはそういうこと全部忘れることが出来ました」

詰めかけたお客様にそういう有難いお言葉をたくさんいただいた。そんなお客様の思いに応えるためにも、俺らは良い舞台をつくらなければならない。

我が家のガスも復旧した。美樹と奈緒も呼び戻した。美樹は、東京にある自分の実家に戻ると言い出すかと思ったが、ずっと京都で両親を助けながら頑張っていてくれた。

「あなたが一人で頑張ってるのに、私たちだけ東京に行くわけにいかないでしょ」

努めて明るく電話で話していた美樹のためにも、俺はもっともっと頑張らんとあかん。

がんばろう。

がんばらなくっちゃ。

今度の俺の作品の評判がいい。スロットマシーンを使った、宝塚らしいハッピーエンドのショーをつくった。ようやく肩の力が抜けて、初めていいものが出来たという実感がある。

復興から時が経ち、関西のお客様もようやく戻っていらっしゃった。連日、大入り満員でホント嬉しい。

美樹と奈緒にもぜひ観てもらいたくて二人を招待した。終演後、ロビーに出て来た二人に、

「楽屋出入り口でちょっと待っといて。片付けしたら出てくるさかい。久しぶりに食事でも行こうやないか」

声をかけ、後片付けを大急ぎで済ませ楽屋口に行くと、サンバさんと鉢合わせした。

「おっ、サンバさん早いですね。……あの、妻と娘です」

公演当初はマリコが演じていた役を、事情で今はサンバさんにやっていただいている。サンバさんは俺に早口で、私これから『お呼ばれ』なんやと言った後、美樹に向かい、

「いつもお世話になっております。柴崎先生はいつも舞台のことばっかり考えているから、全然おうちのことやらないでしょ。もう二十四時間勤務体制みたいですものね。本当に申し訳ありません」

美樹はそうそうと頷きながら苦笑している。

「いえ、こちらこそ柴崎がいつもお世話になっております。サンバさんのお噂はかねがね

伺っております」

「そう、俺がぺーぺーの頃からずっとお世話になりっぱなしやねん。この人にだけは頭があがらないねん」

「何、言ってんの！　今だってぺーぺーでしょ！」

美樹が笑ってツッコむ。まあ、その通りなんやけど……。

サンバさんはちょっと笑って奈緒の方に向き直る。

「お嬢さんは今、何年生？」

「五年生です！」

「わぁ、賢そう！　宝塚はよく観ますか？」

「はい。あっ、サンバさん、とても素敵でした」

遅い遅い！　もっと早よ言わな！　心の中で奈緒にツッコむ。

「将来、宝塚に入りたい？」

「はい……。でも私は父と同じ、演出家になりたいんです」

「うわぁー、びっくり。生徒じゃなくて演出家になりたいって言った子、私、初めてやわ。柴崎先生、良かったねぇ。父親冥利(みようり)に尽きるねぇ」

ホンマや。不覚にも涙が出そうになる。心なしか美樹の目も潤(うる)んでいるように見える。

「柴崎先生も公演終わったら少し余裕ができるでしょうから、お家のことたくさんなさると思いますよ。……本当にこんな素敵なお嬢さん育てられて、奥様、素晴らしいですね」

藪蛇にならないうちにと俺にウィンクし、サンバさんは、じゃあ、私はこれで失礼しますと去って行った。

「あっ、柴崎先生や。今度のお芝居よかったわぁ」

サンバと入れ替わるように、ファンのご婦人方に囲まれた。

「前、マリコちゃんがやってた役、今度サンバちゃんに替わったやろ？」

「マリコちゃんも良かったけど、サンバちゃん言うたらやっぱりダンスやもんね。サンバちゃんとミユキちゃん両方引き立つように演出変えてはったもんね。私ら毎回観てるからよ～くわかります」

ひとしきり騒いだ後、俺のことをぴしゃぴしゃ叩いて、サーッと去って行った。俺は力士かっ！　心の中でツッコむ。奈緒も美樹も少し離れてその様子を嬉しそうに見ていた。

「あなた、ファンの間に面が割れてるのね。すごいねぇ」

「そや。ファンの間で、柴崎センセ言うたらちょっとしたもんやねん。そやな、今度から外歩くときは、変装せんとあかんかもな」

と俺は胸をはった。

夢、オカルト、秘密の呪文、念力、魔法、タロット……おーし、けち臭いこといわんと流行ってるもんぜーんぶ台本に盛り込んだる。音楽は……バロックロックや、荘厳にな。あんまり軽いポップスは今回は使わんとこ。あと、レーザービームとスモーク焚いたろ。盛大にな。イメージは光と音の氾濫やな。……主役は地下帝国の魔王。それが人間の娘に恋をして、と……これが娘役トップさんな。それでもって、自らの命と引き換えに……いいぞいいぞ、ノってきたノってきた……地底のシーンでは、大サービス。客席で芝居やったろ。最初と最後の台詞だけ決めといて、途中はアドリブでやってもらおう。サンバさんがおるから大丈夫やろ……そうすると……あかん、サンバさんはやっぱりおじいさん、やってもらうしかないなぁ。

「私ねぇ、子どもの頃から夢が五つもあったの。欲張りかもしれんけど、そのうち二つはもう叶っちゃった」

「へぇー、叶った夢って何です？」

「一つは、宝塚音楽学校合格！」

「あー、やっぱりそうですか？　やっぱり夢だったんですか」

「そりゃ、そうよ。私三回受けて三回とも駄目で、それでもあきらめきれず、四回目でようやく合格してホントうれしかったんだから」

「それから？」

「宝塚歌劇団の一員として、お客さんに喜んでもらえるような舞台をつくること。まだまだかもしれんけど、自分としては精いっぱいやり切った感があんねん。これも私が叶えた夢の一つとカウントして卒業したいんや」


深夜に演出プランを練っていると、どうしても時々〝狂気〟のようなものに取りつかれてしまうらしい。

今夜はふと、鏡の中の自分に問いかけてしまった。

さてさて、柴崎よ。お前さんは、一体、何のために芝居やってるんや？

鏡の中の俺は答える。

笑うたらあかんで……それはやな……。

お客様に喜んでいただくためや……。

ギャ〜〜。独り言を言ってしまったのに気付き、思わず叫んでしまう。

恥ずかし〜。

ウケる〜。

こんな夜中に何やっとんねん、俺。

白雪姫の継母（ままはは）かっ！

身悶（みもだ）えして哄笑してしまう。

「とうとう頭、おかしくなっちゃった？」

いつの間にか入ってきていた美樹が、うす気味悪そうにこちらを見ていた。

「あと、夢、三つもありますね。何と何と何です？」

「イヤや。内緒や。恥ずかしゅうてそんなんよう言わんわ」

「ちょっとちょっと、二つ教えといてそれはないですわ。いけず言わんと。もうすぐ卒業なんでしょ。教えてくださいな」

「言うたら笑うもん」

「笑いませんよ。さあ、ここまで来たら教えてくださいよ」

「絶対、笑わんと約束する？　そしたら教えてもいいけど……」

「大丈夫です。約束します。笑いません」

「もうすぐ卒業やから言うんやで。内緒な。私がこれから叶えたい夢はなぁ。アメリカに留学すること」

「おー、ワールドワイドにご活躍ですか？　おっきい夢ですな」

「そして、現地の男性と結婚して、可愛い子どもを産むこと。あー、二つイッキに言ってしもうた。まぁ、夢というか射程距離やから目標と言い換えてもいいかもな……ちょっと柴崎クン、何笑うてんねん。約束が違うやろ。あっ、こいつ悪いやっちゃなぁ。涙流して笑うとる。……シバく、絶対にシバいたる！」

　そやかて、そやかて……それ、反則でしょ。

　ブワッハハハハ。

　ウエディングドレス姿の髭面サンバさん、ベビーを抱っこしている髭面サンバさんをダブルで想像してしまい、一度噴き出すと堪えきれなくなってしまった。

　いつもの居酒屋のカウンターでサンバさんにバシバシとシバかれながら、俺は身悶えし泣き笑い続けていた。

一輪車に乗り、器用にジャグリングをこなしながらサンバさんが退場していく。

俺は、花道の袖で体育座りをして、サンバさんの最後の雄姿(ゆうし)を見守っていた。

お客様の温かい拍手が広がっていく。

サンバさんの最後の出番が滞(とどこお)りなく終わってしまった。

いよいよ卒業なんやな。

「なんでおじいさんやのに、サンバ一輪車乗っとんの？」

見上げると、月組のお父ちゃん、多々良氏の顔があった。

「おじいさんが一輪車に乗るというギャップがいいんでしょ？　ね、柴崎先生」

中腰の多々良氏のすぐ上で、大道具の原口が鼻の穴を膨らませている。

「まあ、いずれにしてもサンバらしい最後ということで」

そしてそのまた上には、プロデューサー鍋島の顔が。

顔が四つ、縦に並んで……俺たちはトーテムポールかっ！

そして、どういう訳だかこのトーテムポールの顔たちは、揃いもそろって一様(いちよう)に目を赤くしているのだった。

第七話

海外専科

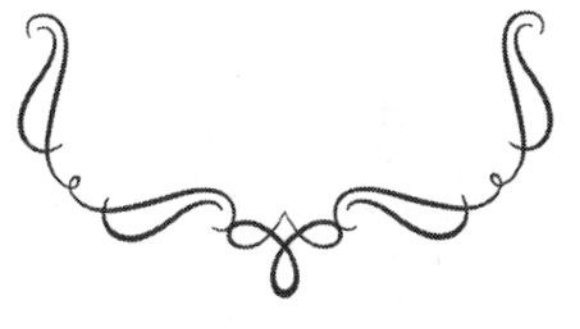

「ナベ、今度はこちらからアメリカに乗り込むぞ」

上司に言われて驚いた。

「ニューヨークですか?」

思わず聞き返す。

残念ながらブロードウェイのど真ん中というわけではなかったが、それでもニューヨークの由緒ある大劇場で公演を打つという計画を知らされる。

その場で実質的な制作責任者になるよう命じられた。海外から演出家や振付師の招聘を成功させた実績から推挙されたのだそうだ。

「これは、リベンジマッチだというのは知ってるな?」

もちろん知っている。一九五〇年代終わりに「ガールズオペラ」というふれこみで宝塚がアメリカ・カナダを公演して回った。その時に『TAKARAZUKA　OPERA　COMPANY』と直訳で紹介されたのが災いした。当時の現地の評に「これはオペラではない」と書かれてしまったのだ。結果として不評だったと聞いている。

やるからには、今度は絶対成功させなければならない。そう思った途端、胃がシクシクし出した。

まず、戦略をしっかりと立てる必要がある。資料を収集し、制作・演出合同の作戦会議を招集する。

「不評だったのは、やはり、実力のせいではなさそうやな。オペラという言葉から受ける先入観のせいで正しい評価を受けられんかったんやな」

「向こうではオペラというのは特別な意味を持ちますからね」

皆、頷いている。俺も付け焼刃だが、オペラについて勉強したから多少はわかる。

起源は十六世紀後半にさかのぼる。現在でも、有名劇場専属のオペラ歌手になるために、世界中から志願者が押し寄せる。その競争率は、想像を絶するものがある。ミラノにある有名な歌劇場、スカラ座では、時に熱狂的なオペラファンの厳しいブーイングや野次の洗礼を受けることがあるという。それがどれだけ有名なオペラ歌手だとしても出来が悪ければ、容赦ない酷評を浴びせるのだそうだ。彼らのプライドを賭けた芸術、オペラ。

我々の愛する宝塚は、彼らの『オペラ』とは別物なのだ。

「宝塚歌劇の現在の英訳は、『TAKARAZUKA REVUE』となりますからね。オペラではなくレヴューで良いのでは？」

「いや、レヴューはレヴューでアメリカのものがありますから。アメリカ人が思っているレヴューと宝塚は似て非なるものです。これはレヴューではないと言われたら、また同じ失敗を繰り返すことになります」

「鍋島さんはどう考えてるの？」

「私は、向こうのオペラやミュージカルやレヴューの真似ではなく、宝塚にしか出来ないものを前面に押し出すのが良いと思っています。ですから演目は和物のショーで……」

「和物？　それこそ、オペラの蝶々夫人みたいにならへんか？」

「いえ。あれは外国人が観た日本です。我々日本人が創る和物は本物です。そして、なおかつ世界に通用すると思うています」

「それは、歌舞伎の海外公演と同じ理屈ですか？」

　延々と議論が続いたが、最終的には俺が押し切った。現場の責任者は俺なのだ。

　大体が了承され、会議が終わりに近づいた頃、『宙組さん』のプロデューサーに最終確認をされた。

「鍋島さん、世界に通用する宝塚のステージのよさって何や思う？」

　俺は即答した。

「華麗なこと……豪華絢爛なことです。世界中のショーを観て回りましたがこれはどこにも負けないと思ってます」

　驚いたことに、賛同の拍手をもらえた。

　そうだ。頑張って向こうに追いつこうとする時代はもう終わっている。これからは今まで培ってきたものを自信をもって披露すればよい。絶対、通用するし受け入れられるはずだ。

　柴崎と組んでニューヨークを驚かせてやる。


　何度も会議を重ねて、宝塚の魅力を一発でわからせるキャッチコピーを考える。『宝塚歌劇』をただストレートに訳しては駄目だ。

　最終的に、超豪華という意味合いで『エクストラバガンザ　EXTRAVAGANZA』に決まった。俺が発言した「華麗」「豪華絢爛」が決め手になった。

「柴崎さん、エクストラバガンザでお願いします」

　演出家との打ち合わせで俺が切り出すと、柴崎はニヤッと笑い、

「俺な、そういうの得意中の得意やねん。まかせといて」

　と胸を叩く。

「ほな、メンバー選抜しよ。主演はあんたの組のトップさんでええやろ。見栄もするし……ミユキも今、ダンス最高にキレてるからな、連れてくで」

うちの二番手に昇格しているミユキも名前が挙がる。

現在、公演していないうちの組を中心に人選を進める。国内の公演に支障をきたさないように上から厳命されているのだ。

「ナベさん、他所の組からどうしても連れて行きたいのおんねん。頼まれてくれへんか?」

「誰ですか?」

「マリコ。歌な、彼女じゃないとな……もう、あんたんとこと組違うけど、借りてきてくれへんか?」

マリコは現在、他所の組に移り、二番手として活躍している。頭を下げて借りてくるしかないだろう。

「あの、ベルベットヴォイスは素晴らしい」

ブロードウェイから呼んだ演出家、サミーの言葉が今も耳に残っている。

「あと、ナベさんから俺になんかリクエストない?」

「幕開けを『チョンパ』でお願いします」

初めからそう頼もうと思っていた。拍子木をチョンと鳴らしてパッと照明がつく。絶対、向こうの観客に受けるはずだ。

「チョンパか、ええなあ」

と、また柴崎はニンマリする。

「そうか、いよいよニューヨークに乗り込むか。宝塚の代表だな」

なんだか無性に多々良さんに会っておきたくなって、一軒付き合ってもらった。

「いえいえ、気分は日の丸背負(せお)ってる感じです」

プレッシャーのあまりおちゃらけてしまうと、多々良さんはいたって真面目(まじめ)な顔で、

「そうやな。ワールドカップかもしれんな」

うんうん頷いている。

「準備万端、整えたつもりなんですが、どうも私、詰めが甘いところがありまして……」

最後の最後で失敗に終わった苦い経験がいくつも頭をよぎる。ずいぶん前から胃腸薬を手放せなくなっている。

「そやな。舞台は水物(みずもの)やとよく言われるからな。どれだけ準備しても安心は出来んわな。……そやけど、だからこそ、最後の最後まで精一杯やるしかないんやな。結果を恐れるよ

りも、今出来る最善を尽くすしかないわな」

「そうですね。最後までベストを尽くすしかないですね」

赤提灯(あかちょうちん)の夜は更けていく。今日はナベの壮行会(そうこうかい)やと言って、多々良さんがご馳走(ちそう)してくれた。いや、お誘いしたのは俺の方だし、せめてワリカンでとお願いしたが、絶対に受け取ってはくれなかった。

原口を連れて行くことにする。

「えっ、俺、英語喋れませんよ。それにパスポートも持ってないし……」

柄にもなく尻込みする。海外経験がなく、怖気(おじけ)づいているようだ。街で会ったら絶対関わり合いになりたくない風貌だが、なんか可愛(かわい)気(げ)のある奴だ。

「ハラグチ一号が必要なんだよ」

すぐにパスポートを準備するよう指示する。柴崎のプランでは、舞台一面、信じられないくらい大量の桜吹雪を降らさなければならない。

十月六日。渡米前のチェックを兼ねて試演会を行う。良い出来だと思う。エクストラバガンザにふさわしい。お客様の反応も良い。しかし、向こうでも同じように受け入れられるか……。

胃腸薬を飲む回数がどんどん増えている。

「これなら向こうでも大受けするよ。俺が太鼓判を押す」

続けて行われた壮行会で酔っ払いに何度も肩を叩かれるが、

「あなたに何がわかる？」

と言いたくなる。問題は向こうの客に受けるかどうかなのだ。

七日。海外組一同で、小林一三先生の墓前に参る。ここ一番という時には、このお墓参りは欠かせない。

「どうか宝塚歌劇団をお守りください」

念入りに念入りにお参りする。

十日。いよいよ先発隊十五人が現地に乗り込む。

到着後、すぐに直前プロモーションを開始する。ミユキやマリコも煌びやかな和服姿で笑顔で宣伝につとめてくれている。芸者スタイルではない、若い清楚な和服スタイルが好評である。

十六日。舞台関係スタッフが第二陣として到着する。休む間もなく翌日、劇場関係者と打ち合わせを行う。

十九日。本隊到着。団長、演出二名。指揮者、生徒五十一名、衣裳八名、床山三名である。

二十日から搬入、仕込みに入るが……トラブルに見舞われる。現地スタッフが、終業時刻がきたら途中でも何でも仕事をやめてしまうのだ。手が足りないと思うから、電球の交換、ソデへのセッティングなどを手伝おうとするとノーと拒否する。縄張りに手を出すなということだろう。

「あかん。あいつら何とかしてえな。幕開けられへんで」

柴崎が顔を真っ赤にして怒っている。

わかった。交渉する。

「こちらはそれでは困る。どうすればいい？」

聞くが、ノーの一点張りだ。こうなったら最終手段を取ることにする。

ハウマッチ？　時間延長を金で買うと申し出る。ユニオンがどうとかこうとか言っているが、ＯＫ、ＯＫ、いくらでも出すぞ、ハウマッチ？　英語がわからないふりをして押し切った。何でも金で解決する汚い日本人と思われてもいい。こっちは、絶対、失敗するわけにはいかないのだ。

二十三日から舞台稽古。スタッフ総出で宝塚名物の秒単位の舞台転換、早替りの練習を入念に行う。

「なんてクレイジーなカンパニーだ！」

現地スタッフが目を丸くしている。

でも、舞台人は世界共通だとしみじみ思う。彼らも舞台転換に協力してくれるようになりスピードはさらにアップしていく。なんだよ、ナイスガイばかりじゃないかと思う。

二十九日。前夜祭。パーティー会場で着慣れないタキシードに居心地の悪さばかり感じている。男役の生徒たちが着れば様になるのだろうけれど、彼女たちは色とりどりの和服姿に満面の笑みで会場を盛り上げている。

六千人収容の劇場を初めて見た時も、

「うわあー、大きいね。武者震いしちゃうね」

と嬉しそうだった。その度胸の良さには恐れ入る。

こちらは六千人の大ブーイングにさらされる恐怖に夜も眠れないというのに……。俺は引き攣った笑顔であちこち飛び回るしか能がなかった。

十一月一日。初日。

劇場の前には長い列が出来ていた。

トニー賞やグラミー賞の映像でしか知らない大物ゲストが次々と華やかな衣裳で現れ

る。足の震えが止まらない。宝塚の神様、どうぞお守りください。らしくもないが、祈るしかない。


緞帳がゆっくりゆっくり上がっていく。

舞台は暗いままだ。

チョン！　拍子木が入る。

パッと舞台全体が明るくなる。

ウォーという地鳴りのような歓声が客席から押し寄せてきた。

色の洪水だ。

豪華絢爛な衣裳の若衆や娘姿が絵のように浮かび上がる。

桜の花弁が降りしきる中、色とりどりの扇を手に、生徒たちが一糸乱れず舞い踊る。ゴージャスそのもの。エクストラバガンザそのものだ。

神様、このまま何事もなく……最後まで……幕が降りるまで、お願いします。舞台ソデで俺は祈ることしか出来ない。

「ハラグチ一号」は、盛大に桜吹雪を降らせ続ける。

アメリカ人スタッフも秒単位の舞台転換に必死で協力してくれている。

無事に、幕は降りた。

拍手が鳴りやまない。

何度も繰り返されるカーテンコール。

総立ちのスタンディングオベーション。

六千人の拍手と歓声の中、俺は舞台ソデで立っているのがやっとだった。


終演後の楽屋は、ごったがえしていた。

「アイコちゃん！」

マリコとミユキが同じ年頃の娘さんと抱き合って泣き笑いしている。

「あー、鍋島さん。この子、同じバレエスタジオで一緒に頑張ってきた戦友なんですよ！」

そうですか、わざわざ本日はありがとうございますと挨拶する俺に、「私はとうとう受からなかったんですけどね」とアイコさんは舌を出す。

「でもね、鍋島さん。アイコちゃん、今ミュージカル女優としてブロードウェイの舞台に立ってるんですって」

それは、すごいと思わず呟くと、

「でも、コーラスですから、そんなたいしたことないです」

と謙遜する。いや、それがどんなにすごいことか俺はよくわかっている。

「えー、何言ってんの。日本人でそれはすごいって。私たちの誇りよ」

マリコとミユキも口々に言っている。

「そんなことないって。それより、マリコちゃんも、ミユキちゃんもとっても素敵だったよ。私も鼻が高かったわあ」

三人で再会を喜び合い、お互いの健闘を讃えあっている。

その時、「ナベさん、お久しぶり」と寄ってきたのは……なんと！　サンバだった！

サンバ！　俺は思わず大声をあげてしまう。

サンバさん！　マリコもミユキも飛びついていく。

アメリカで結婚したと風のたよりで聞いていたが、ニューヨークで再会するとは……まだ小さい女の子を連れている。綺麗なハーフの顔立ちでサンバと似ているところを探すほうが難しい。

「旦那さんはこっちの人なんだ？」

「そうです。旦那に似てくれてよかったと思ってるの。あっ私、背が小さいから男役は無理と思って、ナベさんに娘役に転向したいって相談に行ったでしょ。そしたら冗談は顔だけにしとけって言われたもんね」

ああ、まだしっかり覚えているんだ。本当、申し訳ない。

久しぶりに見るサンバは、髪が伸び、すっかり女性らしく、そして母親らしくなっている。そう言うと、

「そうですよ。〝性転換〟に成功しました」

と大笑いした。相変わらずの豪快な笑い声である。

「今、何してる？　こっちで舞台に立っているのか？」

「そんなわけないでしょ。普通の専業主婦ですよ。うちの旦那はとっても稼ぎがいいのです。だから働かなくってていいんです」

そんなもったいない。あれだけのダンスや歌のスキルを持っているのに卒業したら何もしないなんて……。

その時、その金髪、青い瞳の女の子が、つまらなそうに、「マミー、もう帰ろうよお」とサンバの手を引っ張った。びっくりして言葉が出ない。

「日本語うまいでしょ？　私が日本語、旦那が英語ですからね。バイリンガルですよ。大きくなったら宝塚入れますよ。宝塚がブロードウェイに来ても、うちの子だったら英語で出演出来ますよ」

サンバ、相変わらず驚かせてくれる。……でも、本当にそうなったらいいな。そうだ。世界中で宝塚の公演をしよう。そして、皆とその娘たちで世界中の観客を沸かせよう。ああ、本当にそうなったらいいなあ。

俺とサンバの周りには、いつの間にか、ミユキもマリコもアイコさんも、そしてそのご家族も、柴崎も原口もアメリカのスタッフたちもみんなみんな集まっていて、いつまでもいつまでも泣いたり笑ったりしていた。

参考文献

『おお宝塚！』阪田寛夫（文春文庫　一九九四年）
『宝塚　百年の夢』植田紳爾（文藝春秋　二〇〇二年）
『宝塚ファンの社会学　スターは劇場の外で作られる』宮本直美（青弓社　二〇一一年）
『なぜ宝塚歌劇の男役はカッコイイのか』中本千晶（東京堂出版　二〇一一年）
『宝塚というユートピア』川崎賢子（岩波新書　二〇〇五年）
『なぜ宝塚歌劇に客は押し寄せるのか』中本千晶（小学館新書　二〇〇九年）
『宝塚見聞録』石井徹也（青弓社　一九九三年）
『宝塚風雲録　花組・雪組篇』石井徹也（青弓社　一九九六年）
「ユリイカ　詩と批評　通巻４４６号　特集＊宝塚」（青土社　二〇〇一年）
「宝塚アカデミア１」荒川夏子、石井徹也、北見薫、高橋真理（青弓社　一九九六年）
「宝塚アカデミア２」荒川夏子、石井徹也、北見薫、高橋真理（青弓社　一九九七年）
『宝塚という装置』青弓社編集部（編）（青弓社　二〇〇九年）
「宝塚おとめ　１９９９年版」（阪急電鉄コミュニケーション事業部　一九九九年）
『宝塚歌劇の変容と日本近代』渡辺裕（新書館　一九九九年）
『宝塚の誘惑』川崎賢子、渡辺美和子（青弓社　一九九一年）
『宝塚まるかじり！』荷宮和子（青弓社　二〇一二年）

（本作品は、平成二十六年三月、廣済堂出版より刊行された、『ヅカメン！　お父ちゃんたちの宝塚』を著者が加筆・修正したものです。宝塚歌劇団は実在しますが、この物語はフィクションであり、実在の人物や出来事とは一切関係ありません）

元タカラジェンヌ男役を妻に持つ夫

『ヅカメン！　お父ちゃんたちの宝塚』文庫化によせて

真山葉瑠（元宝塚歌劇団　月組男役／著者妻）

元タカラジェンヌ男役を妻に持つのは大変だろうなと思います。

在団中は、常にハンサムな男性を追求してきた私たちです。実際には、宝塚の男役のような男性はいないとわかってはおりますが、立ち居振る舞い、所作などをつい要求してしまいがちです。出入り口のレディーファーストや娘役さんの荷物を持つことは、宝塚時代にはなぜか当たり前でした（おんなじ女性なのに……）。江戸の敵を長崎で討つわけではありませんが、今は殆ど夫に持ってもらっています。そして軍隊に近いと言われる程の上下関係。出先で上級生などにお会いする際は、絶対に失礼の無いように口を酸っぱくして夫に念を押します。そしてたまに夫は、「このような女（私のことです）と結婚する奴は一体どんな奴だと思っていた！」と上級生などから言われます。無理もありません。私は十七年間宝塚に在団していましたが、研五で演じた『ベルサイユのばら』のダグー大佐役を皮切りに、芝居ではほとんど髭つきのオヤジまたは老人でしたので、多分、ウエディングドレス姿からは程遠い印象だったと思います。

結婚当初、はじめて夫婦で東京宝塚劇場に観劇に行った際、ショーの最中、現役生徒の皆さんが銀橋に来るたびに舞台上から夫を見られるという目にもあいます。夫はひどく緊張しておりましたが、夫の周りの方々はとても喜んでいらっしゃったので、良かったです。

次に、服装です。タカラジェンヌは自分の容姿の欠点を知り尽くしているので、少しでも脚が長く見えるよう、肩が下がって見えないよう、首が短く見えないようなど欠点をカヴァーするために衣裳合わせの際も手は抜きません。

以前、夫のスーツを作りに行った時も、私があまりにも細かく注文を出すので、しまいにはお店の方が「これでよろしいでしょうか」と私に聞いて来られました。

いっぽう、いいこともあると思います。

男役時代に、舞台用に自前で使っていたネクタイや、その時流行っていた男仕立てのスーツのお下がりがあります。夫は喜んで着ております。↑いいことなのか……。

夫は、大学で教鞭をとっておりますが、学生の中にたまに宝塚ファンがいると、それとなく私のことを話して、学生から「わぁー！」などと言われています。けれど、バレンタインデーに頂くチョコレートはいまだに私の方が多いです。↑いいことなのか……。

私たちは宝塚音楽学校時代に、完璧な掃除の仕方を叩きこまれたせいか、その気になればかなり綺麗に掃除が出来ます。なかなかその気になることはありませんが……。

また、食事をしている時のリアクションが大きいので、ご馳走(ちそう)した満足感が得られます。現役時から、お食事に連れて行っていただいた際は、まずいものは無言で微笑(ほほえ)み、美味(おい)しかったら四割増しで喜ぶという癖がついています。美味しいものを差し入れに頂いたり、ご馳走になったりした経験から、舌が肥(こ)え、その気になれば美味しい食事が作れます。なかなかその気になることはありませんが……。

家に帰ると、たまに元タカラジェンヌたちが陽気に宴会をしています。彼女らは集まると、昔話をしながら手を叩き大笑いし、時には涙しその場面を再現したりするものですから、外でやったら大迷惑です。しかしそのお蔭で、この本の構想が生まれたと言っても過言ではないので、これは本当によかったことでしょう。

こんなことを書いた後で言うのはなんですが、宝塚ＯＧで、結婚を夢見る元男役は、いっぱいおります。

見た目は、ボーイッシュでいかつい感じに見られがちです。個人的感想になりますが、娘役よりむしろ男役の方が、中身はピュアで純情な乙女が多いと思います。独身男性の皆さま、ぜひ果敢にチャレンジしてみてくださいませ！

私は、十七年間の宝塚在団中に四名の生徒監の先生（お父ちゃん）にお世話になりました。どのお父ちゃんも私たち小娘の言うことを、嫌な顔ひとつせず、いつも優しく聞いてくださいました。今、全てのお父ちゃんにお会いすることはかないませんが、あの時代にきちんと御礼を申し上げられなくて後悔しています。

そして、宝塚歌劇の舞台づくりに携わっている方々の宝塚への愛情を、退団して改めて感じることが沢山あります。演出家の先生方やスタッフの方々は、私たち生徒がどうやったら舞台で輝くことが出来るのかを第一に考えてくださっていました。舞台を作っていく方々が、地に足をつけてしっかりと的確に、それぞれにプロフェッショナルの仕事をされていたからこそ、私たちはふわふわキラキラした宝塚の世界に生きて来られたのだと思います。

また、同期生や生徒仲間の多くのご家族の方にもたいへんお世話になりました。皆さん自分の娘と同じように愛情をもって接してくださいました。

この場をお借りして全ての方々に改めて御礼を申し上げたいと思います。ありがとうございました。

この本はフィクションではありますが、宝塚の舞台をご覧になった際に、いろんな人々が宝塚歌劇に関わっておられることを思い出していただけたら幸いです。

最後に、この本を出版するにあたり、荒井英康様、荒井和子様、飯島健様、葵美哉様、美郷真也様、巣鴨デラックス様、渕脇吾朗様には大変お世話になりました。深く感謝いたします。

解説——男と女のタカラヅカ

中本千晶（文筆家）

　この解説文を書くにあたり改めて『ヅカメン！　お父ちゃんたちの宝塚』を読み直してみたが、やはり面白い！　本書では各話にひとり、タカラヅカの世界と様々な関わりを持つヅカメン（男たち）が登場する。一見、彼らを主人公とした短編集のようでいて、通して読むと各話に共通して登場するタカラジェンヌ（女たち）の成長物語になっている。その巧妙な入れ子構造に舌を巻いてしまう。

　読者はまず、タカラヅカの世界を様々な職種や立場からのぞき見るガイドとして、そして、タカラジェンヌを主人公とした物語として、二重に楽しむことができる。何ともお得な一冊なのである。

　第一話「月の番人」で「お父ちゃん」がいきなり登場するところからして「つかみはオッケー」だ。「お父ちゃん」こと生徒監、その存在だけはファンなら誰しも知っている。阪急電鉄で駅長クラスまで務め上げた人から特に人格的にも優れた人が選ばれる名誉な役職、ファンの間ではそんなイメージの「お父ちゃん」が悪戦苦闘している様に冒頭から驚かされる。

ファンが気になるのは、何といっても第五話「コスモポリタン」で登場する各組専属のプロデューサーの仕事ぶりだろう。宝塚歌劇におけるプロデューサーという役職は、興行の収支に責任を持つ一般的なプロデューサーとは異なる。生徒（タカラジェンヌ）と演出家などのスタッフの間の調整役を務めながら、「組」という名のカンパニーを円滑に運営していく役割である。

プロデューサー制は宝塚歌劇団の顧問となった菊田一夫（きくたかずお）が提案し、一九六四年に実現した。かつて興行成績が赤字続きで宝塚歌劇が阪急電鉄の「ドラ娘（むすめ）」などと呼ばれていた時代には社内的にも辛い立場であったようだが、その地道な努力がやがて『ベルサイユのばら』や『エリザベート』の大ヒットにも繋がっていく。各組の運営の要を握る仕事だけに、時にファンからは「電車のことしかわからない人が突然やってきても務まるわけがない」などとも揶揄（やゆ）されてきたが、第五話での鍋島の奮闘ぶりを読めば口の悪さを反省したくもなるだろう。

もっとも業績好調な最近は、宝塚歌劇の興行を担当する「創遊事業本部」は「都市交通事業本部」に次（つ）ぐ、阪急電鉄の事業の柱だ。タカラヅカが好きだからという理由で就活時に阪急電鉄を受ける学生も多いそうだし、プロデューサーという職種へのイメージも時代とともに少しずつ変わってきているかもしれない。

第四話「星に願いを」では、大道具の制作など舞台裏のスタッフの仕事にもスポットが当てられる。女性のみの出演者による華やかな「夢の世界」も舞台裏は男たちも支えている。タカラヅカのレヴューはスピードとスペクタクルが命だ。「ハラグチ一号」のような地道な工夫の積み重ねによって、観客は今日も「夢の世界」にいざなわれるのである。

第二話「咲くや此の花」、第三話「ハッピー　ホワイト　ウエディング」では宝塚音楽学校の試験のこと、そして音楽学校での生活のことも語られる。宝塚歌劇団に入団するためにはまず宝塚音楽学校に入学しなければならないが、この入学試験が例年二十倍以上の超難関だ。晴れて合格してからは二年間の音楽学校生活で声楽、ダンス、演劇など舞台人としての基礎をみっちり学ぶ。小林一三が提唱した「清く、正しく、美しく」という有名なフレーズは宝塚音楽学校の校訓でもある。今時珍しいほど先輩・後輩の上下関係がきちんとしていることでも知られるが、厳しくも温かい上下関係の中で男役芸、娘役芸の真髄は受け継がれていく。

中高時代までにいち早く人生の目標を定め、それに向かってストイックに邁進するタカラジェンヌが持つパワーは、人として最強レベルといっていい。第二話、三話で登場するのは、そんなパワフル女子を家族の一員として見守る男たちである。これぞ我々女性が決して立てない立場であり、その視点が新鮮だ。

各話で登場する男性たちは、いずれも最初はタカラヅカとは無縁の人ばかり。そんな彼らがそれぞれにタカラヅカから刺激を受け、変わっていく。「男がタカラヅカなんて」との先入観がみるみるうちに崩れていく過程がファンとしてはちょっと嬉しい。

こうして一味違うタカラヅカガイドとして本書を興味津々で読み進めていた読者は、やがて、第二話で親を心配させていた万里子や、同じ受験スクールで一足お先に合格してしまったミユキ（第三話の美雪も同一人物だろう）が、いつしか立派なスター候補生となっていることに気付く。そう、この作品は全体を通してタカラジェンヌの成長物語にもなっているのだ。そして、各話で登場する男性たちは、皆それぞれの立場からその成長に力を貸していくことになる。

マリコとミユキは、どうやらトップスター候補生のようだ。タカラヅカには花・月・雪・星・宙（そら）の五組があり、宝塚大劇場や東京宝塚劇場での公演は組単位で行われるが、各組八十名前後のメンバーの頂点に立つのが男役のトップスターだ。どの作品でも主役を演じ「組の顔」として様々な広報物にも登場する。公演の最後にあの大きな羽根を背負（せお）って大階段を降りてくるのもトップスターである。

このトップスターへの最初の登竜門が、入団七年目までの若手だけで本公演と同じ作品を上演する「新人公演」で主役を演じることであり、次のステップが客席数五百ほどの「宝塚バウホール」での公演で主役を務めることだ。こうして「舞台の真ん中に立つ」経験を積みながらトップスターは育てられる。もちろんそこでは熾烈な競争がある。

おそらくマリコとミユキは二人とも新人公演の主演経験もあるのだろう。ダンスの得意なミユキと歌の得意なマリコ、同い年ながらタカラヅカでは二年先に音楽学校に合格したミユキのほうがマリコより二期上だ。ところが、「バウホール公演」の主役の座を後輩のマリコのほうが先に射止めてしまった。それでも腐ることなく稽古に励むミユキの姿や、決してヒビが入ることのない二人の絆に読者は心打たれる。「清く、正しく、美しく」の精神がここにも活きていると思う。

しかし、この作品でマリコやミユキ以上に強烈な光を放つのは「サンバさん」だ。その光はキラキラしたものではない、優しく温かみのある光である。サンバさんはいわゆる「スター路線」ではない、名脇役として鳴らしてきた男役らしい。だが、この作品においては、各話でさりげなく登場してはヅカメンたちに影響を与えるサンバさんこそが、影の主役的な存在だ。

このサンバさん、渋いおじさま役でヒゲをつけた経験も豊富なようだ。この「ヒゲ」に関してもタカラヅカはこの二十〜三十年の間で随分変わった。かつてヒゲをつける役は「お嫁に行けなくなる」という理由で嫌がられたとか。トップスターがヒゲをつけたのは一九七七年初演の『風と共に去りぬ』でレット・バトラーを演じた榛名由梨が最初で、この時も新聞紙上で騒がれたほどだった。だが、今やヒゲは男役の勲章であり必要不可欠な経験でもある。そのうちマリコやミユキにもヒゲをつける役がまわってきて、その時にはきっとサンバさんからも学ぶのだろう。

トップスターを目指してしのぎを削るマリコとミユキ、そのかたわらでサンバさんはタカラヅカ卒業の決意をする。時は移ろい、花は散るから美しい。それがタカラヅカなのだ。

このサンバさんのくだりを読むにつけ、作者の宮津大蔵氏の奥さまでもある元タカラジェンヌ・真山葉瑠さんのことを思い出さずにはいられない。『ME AND MY GIRL』（一九九五年）の執事ヘザーセット、『WEST SIDE STORY』（一九九八年）のシュランク刑事など、芝居を締める大切な役どころが多い人だった。ちなみにタカラジェンヌには芸名の他に「愛称」があるが、真山さんの愛称は「るんぱさん」であった。もちろん「るんぱさん」＝「サンバさん」というわけではない。宮津氏曰く、サンバさんは多くのタカラジェンヌの姿が投影された架空のキャラクターとのことである。

そして、すべての登場人物たちそれぞれの想いが、第七話「海外専科」で描かれるニューヨーク公演に集約していく。実際、タカラヅカにおけるニューヨーク公演は一九八九年、一九九二年に実現している。

文庫版刊行にあたり、単行本を読み直してみて、名前だけはあちこちで登場するのに詳しくは語られていない人物が一人だけいることに気が付いた。演出家の「柴崎」だ。この柴崎が、文庫版で書き下ろされた新たな話に満を持して登場する。つまり、文庫版をもってこの作品はようやく真に完結したといえるのかもしれない。

タカラヅカでは基本的に演出家は座付(ざつき)である。そして演出のみならず、脚本の執筆まで手掛ける。トップスターの個性が活きるキャラクターを主役に据(す)え、組メンバーの一人ひとりにできる限りの見せ場をつくり、観客を満足させ、かつ生徒の次なる成長にもつながる作品をつくることがタカラヅカの演出家の使命だ。パズルのようにややこしい仕事だが、作品の良し悪しが興行成績にも次世代スターの育成にも影響を与えるわけだから、演出家の存在が未来のタカラヅカの存亡を左右するといっても過言ではない。

現在は演出助手も公募されており、誰もがタカラヅカの演出家を目指すことができるが、タカラジェンヌ以上の狭き門である。最初は稽古場での雑用からスタートし、本公演の演出助手や新人公演の演出担当、そしてバウホール公演でのデビューと徐々に経験を積んでいき、一人前の演出家となっていくのはタカラジェンヌと同じだ。

今では快調にヒットを飛ばす演出家の柴崎の下積み時代が、今回いよいよ明らかになる。かつてはタカラジェンヌと逆で女人禁制のようだった演出家の世界も、今や女性演出家の活躍がめざましく男性のほうが押され気味である。そんな時代だけに、一ファンとしては「柴崎ガンバレ！」とエールを贈らずにはいられない。

「女の世界」とみなされがちなタカラヅカ・ワールド。だが、本書を読むと、男女半々で構成されているこの世の中で、タカラヅカもまた男女が手を取り合ってつくってきたものだという当たり前のことを再認識させられる。そして、タカラヅカ二百周年も男女仲良く力を合わせてこそ迎えられるのだろう、などと愚にもつかぬことを考えてしまう私であった。

一〇〇字書評

切・り・取・り・線

購買動機（新聞、雑誌名を記入するか、あるいは○をつけてください）

□（　　　　　　　　　　　　）の広告を見て
□（　　　　　　　　　　　　）の書評を見て
□ 知人のすすめで　　　　□ タイトルに惹かれて
□ カバーが良かったから　□ 内容が面白そうだから
□ 好きな作家だから　　　□ 好きな分野の本だから

・最近、最も感銘を受けた作品名をお書き下さい

・あなたのお好きな作家名をお書き下さい

・その他、ご要望がありましたらお書き下さい

住所	〒				
氏名		職業		年齢	
Eメール	※携帯には配信できません		新刊情報等のメール配信を 希望する・しない		

この本の感想を、編集部までお寄せいただけたらありがたく存じます。今後の企画の参考にさせていただきます。Eメールでも結構です。

いただいた「一〇〇字書評」は、新聞・雑誌等に紹介させていただくことがあります。その場合はお礼として特製図書カードを差し上げます。

前ページの原稿用紙に書評をお書きの上、切り取り、左記までお送り下さい。宛先の住所は不要です。

なお、ご記入いただいたお名前、ご住所等は、書評紹介の事前了解、謝礼のお届けのためだけに利用し、そのほかの目的のために利用することはありません。

〒一〇一－八七〇一
祥伝社文庫編集長　坂口芳和
電話　〇三（三二六五）二〇八〇

祥伝社ホームページの「ブックレビュー」からも、書き込めます。
www.shodensha.co.jp/bookreview

祥伝社文庫

ヅカメン！ お父(とう)ちゃんたちの宝塚(たからづか)

令和 2 年 3 月 20 日　初版第 1 刷発行
令和 2 年 7 月 15 日　　　第 4 刷発行

著　者　宮津大蔵(みやづだいぞう)

発行者　辻　浩明

発行所　祥伝社(しょうでんしゃ)
東京都千代田区神田神保町 3-3
〒101-8701
電話　03（3265）2081（販売部）
電話　03（3265）2080（編集部）
電話　03（3265）3622（業務部）
www.shodensha.co.jp

印刷所　萩原印刷
製本所　ナショナル製本
カバーフォーマットデザイン　芥 陽子

ISBN978-4-396-34612-6 C0193

祥伝社文庫の好評既刊

伊坂幸太郎　**陽気なギャングが地球を回す**

史上最強の天才強盗四人組大奮戦！映画化され話題を呼んだロマンチック・エンターテインメント。

伊坂幸太郎　**陽気なギャングの日常と襲撃**

華麗な銀行襲撃の裏に、なぜか「社長令嬢誘拐」が連鎖――天才強盗四人組が巻き込まれた四つの奇妙な事件。

伊坂幸太郎　**陽気なギャングは三つ数えろ**

天才スリ・久遠はハイエナ記者火尻にその正体を気づかれてしまう。天才強盗四人組に最凶最悪のピンチ！

原　宏一　**床下仙人**

洗面所で男が歯を磨いている。さらに妻と子がその男と談笑している!? 〝とんでも新奇想〟小説。

原　宏一　**天下り酒場**

居酒屋「やすべえ」の店主ヤスは、ある人物を雇ってほしいと常連客に頼まれた。現代日本風刺小説！

原　宏一　**ダイナマイト・ツアーズ**

自堕落夫婦の悠々自適生活が急転直下、借金まみれに！　奇才が放つ、はちゃめちゃ夫婦のアメリカ逃避行。

祥伝社文庫の好評既刊

原 宏一　東京箱庭鉄道

二十八歳、技術ナシ、知識ナシ。いまだ自分探し中。そんな〝おれ〟が鉄道を敷く!? 夢の一大プロジェクト!

原 宏一　佳代のキッチン

もつれた謎と、人々の心を解くヒントは料理にアリ? 「移動調理屋」で両親を捜す佳代の美味しいロードノベル。

原 宏一　女神めし　佳代のキッチン2

食文化の違いに悩む船橋のミャンマー人、尾道ではリストラされた父を心配する娘――最高の一皿を作れるか?

原 宏一　踊れぬ天使　佳代のキッチン3

移動調理屋の支店をやってくれる人を探すため、佳代は人々に料理を教え、教えられ――最後に見つけたものは?

小野寺史宜　ホケツ!

一度も公式戦に出場したことのない大地は伯母さんに一つ嘘をついていた。自分だけのポジションを探し出す物語。

小野寺史宜　家族のシナリオ

余命半年の恩人を看取る――元女優の母の宣言に〝普通だったはず〟の一家が揺れる。家族と少年の成長物語。

祥伝社文庫の好評既刊

江波戸哲夫　**集団左遷**

無能の烙印を押された背水の陣の男たちが、生き残りを懸け大逆転の勝負に挑む！　経済小説の金字塔。

江波戸哲夫　**退職勧告**

社内失業者と化していた男の許に、突然届いた解雇通知。男は「日本管理職組合」に復職を訴えるが……。

近藤史恵　**スーツケースの半分は**

あなたの旅に、幸多かれ――青いスーツケースが運ぶ〝新しい私〟との出会い。心にふわっと風が吹く幸せつなぐ物語。

垣谷美雨　**子育てはもう卒業します**

就職、結婚、出産、嫁姑問題、子供の進路……ずっと誰かのために生きてきた女性たちの新たな出発を描く物語。

垣谷美雨　**農ガール、農ライフ**

職なし、家なし、彼氏なし――。どん底女、農業始めました。一歩踏み出す勇気をくれる、再出発応援小説！

原田マハ　**でーれーガールズ**

漫画好きで内気な鮎子（あゆこ）、美人で勝気な武美（たけみ）。三〇年ぶりに再会した二人の、でーれー（ものすごく）熱い友情物語。

祥伝社文庫の好評既刊

五十嵐貴久　For You

叔母が遺した日記帳から浮かび上がる三〇年前の真実——彼女が生涯を懸けた恋とは？

五十嵐貴久　編集ガール！

出版社の経理部で働く久美子。突然編集長に任命され大パニック！　問題ばかりの新雑誌は無事創刊できるのか⁉

佐藤青南　ジャッジメント

容疑者はかつて共に甲子園を目指した球友だった。新人弁護士・中垣は、彼の無罪を勝ち取れるのか？

佐藤青南　市立ノアの方舟　崖っぷち動物園の挑戦

廃園寸前の動物園を守るため、シロウト園長とヘンクツ飼育員が立ち上がる、真っ直ぐ熱いお仕事小説！

三崎亜記　刻まれない明日

十年前、理由もなく、たくさんの人々が消え去った街。残された人々の悲しみと新たな希望を描く感動長編。

瀬尾まいこ　見えない誰かと

人見知りが激しかった筆者。その性格が、どんな出会いによってどう変わったか。よろこびを綴った初エッセイ！